Schönhauser Allee
Prenzlauer Allee
Dimitroffstr.
Dimitroff
Buchholzerstr.
Greifen-
Gneiststr.
Pappelallee
Stargarder-
str.
Heim-
Lettestr.
mannstr.
Raumer-
Lychener-
Schlie-
Duncker-
Knaack-
Hagenauer Str.
str.
Husemann-
Sredzki-
Kollwitz-
pl.
Wörther
Kollwitz-
str.
Belforten-
Diedenhofer-
Kolmarer-
Prenzlauer
Marienburger-
Christburger
Jablonski-
Chodowiecki-
Fröbel-
Ahlbecke
Wins-
elder Platz
Allee
PRAKTICA
EDMUND
Fotograf • Musiker • Kochkünstler
INDIANER
Anarchist • Philosoph

Für meinen geliebten Sohn

R.I.P.
Ruben

Dieses Werk wurde vermittelt durch
Paula Peretti Literarische Agentur, Köln

Printed in Latvia
Druck und Bindung: Livonia Print
ISBN 978-3-96428-150-0
www.jacobystuart.de

Matthias Mücke

FERNWEH IM PARADIES

Roman

VERLAGSHAUS JACOBY STUART

Fernweh
iM
Paradies

. . .

... Es war, als hätt' der Himmel
Die Erde still geküsst,
Dass sie im Blütenschimmer
Von ihm nun träumen müsst'.

Vergiss mein nicht ...

. . .

INDIANER

Ich trottete die Christburger mit ihrem Kopfsteinpflaster runter. Auf halber Strecke entdeckte ich die Nummer 47. Die Fensterbrüstung war auf Bauchhöhe. Ein paar Mädchen hüpften vor der bröckelnden Fassade mit den verwitterten Schriften aus der Zeit der Jahrhundertwende. Sie hatten einen Schlüpfergummi quer vor die Haustür gespannt.
Gummihopse.
»Beim Bäcker hat's jebrannt, brannt, brannt, da bin ick schnell jerannt, rannt, rannt ...«, riefen sie.
Ich sprang. Vor und zurück. Beim dritten Anlauf verhedderte ich mich mit meinen Jesuslatschen. Das Gummiband zerriss und schnipste gegen die Kniestrumpfbeine der Mädels.
»Ey, du Arsch!«, meckerte eine Sommersprossige.
Die rothaarige Bohnenstange rieb sich die Oberschenkel.
»Tschuldigung!«, nuschelte ich, stieß die schwere Haustür auf und versuchte, schnellstmöglich im dunklen Flur zu verschwinden. Doch mein Hirschbeutel hatte sich an der rostigen Türklinke verfangen. Ich zerr-

te verzweifelt am ehemaligen Sofakissenbezug meiner Mutter, bis der Riemen abriss und ich auf den Zementplatten zu Boden ging.
»Scheiße, verdammt!«, schnaufte ich. Von der Straße hörte ich Gegacker. Vor mir ein Aschekasten, zwei Fahrräder, darüber die verbeulten Briefkästen. Ich fuhr mit den Fingerspitzen über die Namensschilder. Nur wenige Kästen waren beschriftet.

Erst jetzt fiel mir ein, dass ich nur ihren Vornamen wusste.
»Susanne«, hatte sie gesagt, als beim Flaschendrehen der Hals der Cabernet-Flasche auf sie zeigte. Ihre Augen blieben ein paar Sekunden länger in meiner Blickachse als bei dem neben mir knienden Liedermacher. Sie zog an ihrer Zigarette und sendete mir ein Lächeln.
Danach sang sie mit leiser Stimme »Sehnsucht nach der Schönhauser«, und der Liedermachertyp begleitete sie auf seiner Klampfe. Ich fuhr mir durch die Matte und dachte: Wow, was für 'ne Braut! Mein Haupthaar hatte mittlerweile eine beachtliche Länge erreicht. Schwarze Stränge hingen mir bis weit über die Schultern. Zum großen Entsetzen meiner Mutter, die mir permanent Geld für den Frisör anbot und mir heimlich Alumünzen in die Parkatasche steckte.

»Wat suchen 'Se denn?«, bellte eine alte Frau in Kittelschürze und zerrte ihren Dackel zu sich.
Ich blickte in ihr Hundegesicht und stammelte: »Ähm, ich ... eine Freundin!«
»Een Namen wird 'se ooch noch hab'n? Oda?«, bellte die Alte weiter. Der Dackel bellte mit.
»Hier jib's noch 'n paar Häuser hint'n dran!«
Sie zeigte auf eine kleine Tür am Ende des Flurs.
»Ja ... danke«, stotterte ich und zwängte mich an ihr vorbei.

Im Hof stand eine Kastanie. Ihr Blätterdach überragte das Hofquadrat. Susanne hatte von der Kastanie erzählt. Ihre Mundwinkel hatten gebebt, als sie von Vivaldi und den »Vier Jahreszeiten« sprach. Von den Blättern, die fallen, und den Kindern mit dem Kastanienmännchen, das plötzlich auf ihrem Abtreter stand. Sie sprach vom Schnee auf den Zweigen, vom Hinterhof, der scheußlich und schön sei, und dem Schnittlauch, den sie mit Freunden in der Dachrinne gesät hatte.

Ich schlich in den linken verfallenen Seitenflügel und balancierte über eingebrochene Treppenstufen.

Die Wohnungstür im zweiten Stock stand offen. Ich tastete mich an den Resten eines alten Kohleherds entlang zum Fenster. Das Oberlicht war zersplittert. Ein Kastanienast griff in den Raum. Über dem Herd hing ein Gewürzregal. Genau so eins hatte auch ich für meine Mutter im Werkunterricht gebastelt. Hausrat und Schutt lagen im Halbdunkel der kleinen Wohnung.

Es roch nach Staub und Kohlenruß.

Über mir war Musik zu hören. Anscheinend wohnte hier doch noch jemand. Ich machte mich an den waghalsigen Aufstieg. Das Treppengeländer fehlte, einige Stufen auch. Auf der Fläche des zugenagelten Fensters im Aufgang klebte ein Zettel.

»Aufsturz!«, stand in zackigen Lettern auf dem vergilbten Papier. Wahrscheinlich ein Hinweis für jeden Eindringling, der hier hochwollte. Das spärliche Licht, das durch die Ritzen der Bretter fiel, wies mir den Weg nach oben. Ziegelsteine lagerten auf den Podesten, gestapelt zu Barrikaden vor schimmligen Putzwänden.

»Mix mir einen Drink ...«, dröhnte es von Stufe zu Stufe lauter, »... der mich woanders hinbringt!«

Ich beäugte eine Papierrolle mit Bleistift. Sie baumelte an der vernarbten Tür. Es sah so aus, als ob hier oft der Schlüssel vergessen wurde. Die untere Türfüllung war rausgetreten. Eine Decke hing davor.

»Hallo!«, rief ich durch die Decke, »hallo!«

»Selba hallo!«, grölte es zurück, und die Tür flog auf.

»Komm rinn, Keule!«, rief ein dürrer Typ mit Iro, Kochhosen und Netzhemd.
»Sag mal, kennst du Susanne?«, versuchte ich den Indianer zu fragen, der in sein Gehäuse zurückwich.
Der küchenähnliche Raum wurde von gefühlt 200 Katzen bewohnt. Mir tränten die Augen, aber nicht vor Rührung. Eine Art Salmiakgeist verätzte mir für Minuten die Atemwege. Sprachlos starrte ich auf Geschirrberge, Katzenzungen, die Pfoten leckten, und ein Herdgebilde. Könnte auch ein Krustentier sein, dachte ich.
Der Indianer pinkelte in hohem Bogen in das Ausgussbecken. Seine Zielgenauigkeit war eher drei minus.
»Ditt Loch inne Tür is für meene Philosophen. Verstehste?«
Er verstaute seine Rute in der Hose und zeigte auf die rausgetretene Türfüllung. Ein schwarzer Kater kletterte gerade in den Küchenraum.
»Also nüscht für dich – oder willste mit mir übers Weltall red'n?«
Er ließ mich in der Katzenküche stehen und verschwand im Halbdunkel seiner Höhle.
»Aber ... Susanne ...?«, stotterte ich und lief hinter ihm her.

*

Vor zwei Wochen war ich aus meiner Vergangenheit abgehauen. Hatte mich am S-Bahnhof Schönhauser Allee mit allen anderen aus der Bahn schieben lassen und war ziellos durch die maroden Straßen des Prenzlauer Bergs gewandert. Ich wollte auf keinen Fall zurück nach Pankow. Mein altes Leben sollte dort bleiben.
Die Häuser hatten ihre verfallenen Fassaden in den Himmel gereckt. Sie ragten in das endlose Grau und doch gaben sie mir die Zuversicht, die ich brauchte, um eine neue Bleibe zu finden.
Am Nachmittag war ich zum U-Bahnhof oben auf dem Viadukt in der Schönhauser gestiegen, um den Fahrtwind der vorbeijagenden Züge

zu spüren. Als ich mich durch einen Strom von drängelnden Menschen kämpfte, sprach mich eine junge Frau mit Kinderwagen an, ob ich mal mit anpacken könne. Ich schleppte ihr den Wagen die Treppen zum S-Bahnhof runter, blieb am Bahnsteig neben ihr stehen, schob mich mit den anderen in die Bahn und stieg mit ihr am S-Bahnhof Prenzlauer Allee wieder aus. Sie lachte, als ich vorschlug, ihr den Wagen wieder hochzutragen. Wir liefen, ohne etwas zu sagen, die Allee hoch bis zur Dimitroff. Dann sagte sie: »Danke für die Begleitung«, und ich machte einen Knicks. Wir lachten, und sie meinte, dass heute Abend in der Duncker 14 noch eine Fete sei.

*

»Willste Wurzeln schlagen?«, rief der Indianer.

Ich erkannte im Halbdunkel der Gruft seinen Irokesenkopf. Er lümmelte sich neben zwei dünne Typen, die sich gegenseitig die Zunge in den Hals steckten.

»Dit sind Kain und Abel«, brüllte er, »die hab'n sich wieda lieb!«

»Komm rüba und hock dich her!«

Ich stolperte weiter, drang in die Höhle vor, bahnte mir einen Weg zum Indianer und ließ mich auf ein Matratzenlager fallen. Schräge Musik knallte aus den Boxen. Auf dem Dielenboden standen züngelnde Kerzenstummel. Ihr spärliches Licht warf flackernde Leuchtfetzen an die Höhlenwände. Neben und über mir bogen sich wild zusammengenagelte Brettergebilde, auf denen unzählige Bücher lagerten. Die Philosophen schlichen auf Samtpfoten durch das Halbdunkel der Zimmerlandschaft.

Sie tauchten auf und verschwanden in einem für mich noch unbekannten Rhythmus. Der schwarze Kater aus der Küche kletterte über eine Gemüsekiste, auf der ein staubiger Bücherstapel lagerte. Geschickt setzte er seine Pfoten zwischen die halbvollen Gläser und Flaschen,

waren
110
47
KWV
Ausfahrt frei halten!

glitt vorbei an Tellern mit klebrigen Tomatenresten, überquerte das Matratzenlager und blieb auf meinem Bauch stehen. Er funkelte mich mit seinen grünen Scheinwerfern an und pumpte mit den Vorderpfoten zum Rhythmus der Musik. Dann legte er sich nieder und schnurrte.

»Hegel steht uff dich!«, nickte der Indianer anerkennend.

»Der hat neulich so'm Möchtegern-Dichter die Oogen ausjekratzt!«

Die Wärme des Katers breitete sich über mir aus. Legte sich wie eine Decke auf mich. Ich war nicht imstande, meine Lippen zu öffnen, um nach Susanne zu fragen, stattdessen dämmerte ich vor mich hin.

Plötzlich zeichnete sich im Höhlengang eine beeindruckende Silhouette ab. Der Indianer stoppte den Kassettenrekorder. Die Punks verstummten. Die Erscheinung klemmte sich eine Riesengeige zwischen die Beine. Die Kerzen flackerten bei den ersten Bogenstrichen. Die dunklen Wände zitterten.

»Dit is Rosa!«, hauchte der Indianer mir ins Ohr.

Ich sah nur goldene Bernsteine in den Augen der Spielerin. Die beiden Knutschtypen verschwanden in der Dunkelheit der Gruft und tauchten neben der Erscheinung wieder auf. Ihre Körper bewegten sich geschmeidig zu den minimalistischen Tönen. Kain und Abel schwebten, strauchelten, fielen und glitten über den Höhlenboden. Sie krochen zwischen den flackernden Kerzenstummeln umher, schnüffelten an den Essensresten und schoben sich an den anmutig auf Gemüsekisten thronenden Katzen entlang. Sie stießen sich voneinander ab, verschmolzen wieder und flogen über das Matratzenlager hinweg. Der Bogen flog über die Saiten des Instruments. Die Spielerin kreischte im Rhythmus. Ihre Haare tanzten hin und her. Der Indianer legte seinen Irokesenkopf an meine Schulter. Erstaunlicherweise störte mich das nicht im Geringsten.

*

Am Tag darauf, einem Sonntag, saß ich bei meiner Mutter am Pankower Stubentisch und stocherte im Essen.
»Kassler ist doch dein Lieblingsessen?«, fragte sie mit ihrer weichen Stimme, die ich so liebte.
»Ja, Mutti, is schon lecker, aber ich bin 'n bisschen durch! Besser ich hau mich hin!«
»Du solltest mal zum Frisör gehen!«, rief sie mir hinterher. »Und wie läuft's in der Lehre?«
Ganz gut, wollte ich sagen, aber ich war schon in meinem Kinderzimmermuseum und ließ mich auf die alte Couch fallen. Am Fenster tanzten Kastanienzweige. Ihre Schatten bewegten sich an der Zimmerdecke. Auf dem Spielzeugregal stand immer noch das Kindertelefon. Ich nahm den Hörer ab – tot. Die Klingeldrahtleitung war kurz vorm Fenster abgeschnitten. Ich hätte jetzt gern Frank angerufen und ihm von allem erzählt. Von dieser neuen, verrückten Welt. Von Susanne, dem Indianer, von experimenteller Musik und Balletttänzern, philosophischen Katzen und Außenklos.
»Warum«, sagte ich leise, »warum bist du abgehauen?«
Tränen liefen über mein Gesicht. Verdammt, ich wollte nicht heulen. Aber immer, wenn ich mein altes Zimmer betrat, war alles auf einmal wieder da. Der Dezember, der Grenzstreifen in der Schulzestraße, die Kletteraktion, Frank auf meiner Schulter, dann auf der Mauer – und die Schüsse, die in meinem Kopf knallten.
Ich presste die Hände auf die Ohren.
Mutter setzte sich an meine Seite und strich mir über den Rücken.
»Du musst darüber hinwegkommen, Junge«, sagte sie leise.
Ich dachte, ich wäre der Pankower Welt entkommen, aber jeden Sonntag tauchte ich wieder in sie ein. In die Vergangenheit, die sich bleischwer auf mich legte und mir die Luft aus der Lunge presste.

HM ... SUSANNE!

Ich wartete schon kurz nach sechs vorm Hauseingang Nummer 14 in der Duncker.
Der September fühlte sich gut an. Auch wenn der Sommer vorbei war, spürte ich etwas Neues. Alles war auf einmal anders. Die alten Häuser erschienen mir vertraut. Die wenigen bewohnten Fenster leuchteten mir zu. Das bucklige Straßenpflaster glänzte in der Abendsonne, und ich wollte alles, was noch kommen sollte, sofort in mich aufnehmen.
Um neun wurde ich unruhig. Ich lief immer wieder ins Haus, kletterte die ausgetretenen Treppenstufen bis zum Boden hoch und lauschte an den Türen. Verfolgte die Schritte in den noch bewohnten Behausungen und versuchte, die Wortfetzen, die in den Hausflur drangen, zu entschlüsseln.
Wo war dieses schöne Wesen? Hatte sie wirklich »Duncker 14« gesagt? Ein hilfloses Zucken durchfuhr mich und im selben Moment schnürte es mir den Hals zu. Existierte der Strohhalm, an den ich mich klammerte, womöglich gar nicht? War mein Wunsch, in ein neues Leben zu flie-

hen, so stark, dass ich Worte hörte, die gar nicht ausgesprochen waren? Fand eine Fete vielleicht gar nicht statt, weil ich sie mir nur einbildete? Ich stürmte auf die Straße, blickte mich um, doch da war niemand! Das schöne Wesen wanderte nur in meiner Fantasie herum. Es lief auf und ab und lachte. Es lachte so laut, dass es mir in den Ohren hallte. Ich lief bis zur Stargarder, rannte die Prenzlauer vor zur Dimitroff, an die Stelle, wo wir noch vor wenigen Stunden gestanden hatten. Wo die Zauberfrau mir die Information, das Codewort, den Schlüssel gegeben hatte. Das Bleiberecht, wenigstens für eine Nacht. Aber die Spuren waren verwischt und alles wahrscheinlich nur ein Hirngespinst.
Ich war so ein Idiot, was glaubte ich eigentlich? Nichts! Mein Kopf war leer. Langsam lief ich zurück, Richtung Schönhauser, um mit der S-Bahn wieder in meine Kinderzimmervergangenheit zu fahren. Als ich an der Eckkneipe, dem »Spreewald«, vorbeitrottete, sah ich sie. Mein Herz schlug im Hals, als sie auf mich zukam.
»Ah, da ist ja mein Jüngling!«, sagte sie lächelnd. »Schön, dass du gewartet hast!«
Sie schwebte in einem Sommerkleid vor mir mit einer Flasche Stierblut in der Hand. Ich tänzelte um sie herum und stieß ihr mit meinen Zeigefinger-Hörnern in die Seite. Sie tippte auf ihre Uhr.
»Muss der Kleine nicht schon im Bettchen liegen?«
Ich machte einen Schmollmund und winselte: »Bitte Mutti, will mitkommen, bitte!«
»Na gut, aber schön artig sein!«, sagte sie streng.
Sie hakte sich bei mir ein. Ihre zarte Hand lag in meiner Armbeuge. Ein Schatz, den ich behutsam bei mir trug. Den ich nie wieder hergeben wollte, den ich am liebsten noch stundenlang durch die dämmernden Straßenschluchten getragen hätte. Doch unser Weg führte recht schnell in die Duncker.
Im zweiten Quergebäude des Hinterhofs stiegen wir lachend die steile Treppe unters Dach.

Ein bärtiger Typ in weißem Gewand umarmte und küsste meine Begleiterin etwas zu lange.

»Hm ... Suzanne!« sagte er. »Welcome!«

Sie schob mich vor sich her. Von überall fielen Arme um ihren Hals, drückten sie an sich und pressten ihre Lippen auf ihre. Ein Igelmann griff in die Saiten seiner Gitarre und kniete vor ihr: »Wenn's draußen grün wird, fällt mir nur noch Liebe ein ...«, sang er inbrünstig.

Die Tür hatte sich nun doch einen kleinen Spalt für mich geöffnet, und ein unbekanntes Nest lag vor mir. Es fühlte sich weich und warm an. Es roch vertraut und schmeckte salzig-süß. Das schöne Wesen Susanne hatte mich hierhergeführt, und irgendwann nahm ich an ihrer Seite den Rhythmus von »On Broadway« auf und versuchte, dem wilden Tanz zu folgen. Der weißgestrichene Dielenboden bebte unter unseren Füßen.

Am Morgen erwachte ich auf einem großen orientalischen Teppich. Jemand hatte eine Decke über mich gelegt. Neben mir lagen zwei schlafende Feen, fest umschlungen. Ihr gleichmäßiger Atem schenkte mir ein Gefühl von Geborgenheit.

Der Barttyp im weißen Gewand hockte auf einem ausladenden Korbsessel und schnarchte. Sein Mund war leicht geöffnet, und ein feiner Spuckefaden flatterte an seinem wolligen Bart. Mein Schutzpatron, schlaf weiter, dachte ich. Die Decke über meiner Schulter roch nach der durchtanzten Nacht. Ich drehte mich langsam auf die Seite und blickte zufrieden aufs gardinenlose Fenster. Der Hinterhof lag still hinter den einfach verglasten Scheiben. Das Kondenswasser lief in kleinen Rinnsalen über das stumpfe Glas. Bahnte sich einen Weg über brüchige Kittreste und tropfte in gleichförmigem Takt auf den Dielenboden. Die Sonne hatte sich über die schwankenden Dächer der Höfe gestreckt und tanzte mit feinen Strahlen über die nackten Wände mit geheimnisvollen Schwarz-Weiß-Fotografien. Sie wirkten wie kleine Fenster an den

weißgekalkten Flächen der Behausung. Es waren winzige Details des Verfalls, die sie festhielten. Durch eines sah man einen Ausschnitt der Hinterhoffassade. Eine Wunde war in die alte Haut gerissen und legte die nackten Ziegelsteine frei. Die Sonne und auch der Regen hatten immer und immer wieder in die verletzte Stelle gegriffen. Sommer wie Winter lag die Wunde offen und wurde größer. Die Risse zogen sich tiefer über die spröde Haut der Fassade, und kleine Stücke brachen aus ihr heraus. Sie platzten förmlich aus dem Inneren nach außen. Die Putzstücke fielen in den Schacht des Hinterhofes, in endlose Tiefen, und zerschellten auf dem verwitterten Beton. Ein scheinbar nicht aufzuhaltender Verfallsprozess, der dieses Wohnviertel heimsuchte.
Ein paar Ziegelbrocken lagerten auf dem Schreibsekretär am Fenster. Der Bartmann hatte den Verfall auf seinen Tisch gelegt. Vielleicht als Symbol der Endlichkeit?
Auf dem geschwungenen Sofa lag noch so ein geschichtliches Fragment: Der Liedermacher auf rotem Samt. Er hatte vom Hinterhof gesungen, vom Leben und vom Sterben, von einer Tür in eine fremde Welt mit einem Wolkenbett, in dem zwei Männer lagen. Er sang von dem grenzenlosen Himmel, der sich über den Schlafenden erhob, von der Freiheit, von Liebe und Verrat.
Ich schloss die Augen, rollte mich noch einmal zusammen, bevor ich mich aus meinem Nachtlager schälte und die warme Decke behutsam auf den Teppich legte.

Im Flur tastete ich mich an den Wänden entlang, bis ich die Klinke spürte. Der Messinggriff lag kalt in meiner Hand und knackte, als ich ihn herunterdrückte. Die in eine Staubschicht gehüllte steile Treppe schwankte unter meinen Füßen. Das Schiff, das ich gestern bestiegen hatte, war im Hafen angekommen, doch es tänzelte zwischen den Halteleinen. Ich tänzelte die knarrenden Stufen hinunter bis zur Klotür. Halbe Treppe. Meine Blase hatte die Größe eines Fesselballons erreicht. Das Stierblut wollte unbedingt meinen Körper wieder verlassen. Ich hockte mich auf die Schüssel und entspannte mich. Das Klo, eine Art Schacht, vielleicht auch der stillgelegte Schornstein eines Ozeandampfers, roch nach nassem Hund. Die Wände waren mit Plakaten tapeziert. »Niemand liebt dich so wie ich«, stand in geschwungener Schrift auf dem Plakat mir gegenüber. Der Igeltyp mit Klampfe glotzte mich darauf frech an. Ich schwankte wieder hoch, betrat die Kombüse. Es roch nach dem Garten meiner Großmutter. Auf dem Fensterbrett lagerten reife Äpfel, auf der Kochmaschine das frische Brot, darüber hingen Kräuter. Die Aufgaben, die Frau Holle gestellt hatte, waren schon erfüllt. Ich trat an den Holztisch, auf dem eine dampfende Teekanne stand. Daneben ein Zettel.

»Hey du wilder Junge,
es war schön, wie du getanzt hast! Nimm dir Tee und Brot.
Und ab in die Schule!

Vergiss mein nicht …

Ich schaute zum Wecker, der neben den Äpfeln im Regal vor sich hin tickte. Scheiße, es war schon halb acht! In wenigen Minuten ging die Berufsschule los.

Am S-Bahnhof drängten sich die Werktätigen der Republik. Am Ostkreuz rannte ich die Treppen runter, sprang in den Zug und ergatterte einen Fensterplatz nach Lichtenberg. Ich drückte mein schlafendes Gesicht an die Scheibe und dachte an die letzte Nacht …

*

Edmund hieß der Bärtige, der mich irgendwann in seine Arme nahm und sagte: »Die Leute, die Susanne anschleppt, sind in Ordnung.«

Barbara Thalheim
& Streichquartett
Was fang ich mit mir an
AMIGA

Er nahm dann seine Querflöte und spielte mit dem Igeltypen, der an seiner Klampfe zupfte, ein Lied über die Nachtigall, die nicht nur für uns singt, sondern auch anderen Mächten etwas zu sagen weiß. Ich verstand das Ganze nicht, aber es klang sehr gut. Danach las Nickelbrille, der neben mir saß, ein Gedicht.

»Da da, da da, das ist nichts.
Es war, war wahr, wahr war es nicht. Komm, komm, komm ... und iss ...«

Ich blickte in die Runde. Alle klebten an den Lippen von Nickelbrille, der seinen Stotterreim aufsagte. Was sollte das?
Kobelinski, der Sitzenbleiber aus meiner Pankower Schule, war auch Stotterer.
Er brauchte manchmal ewig, bis er die Wörter ausspuckte. Aber wenn ich sie dann zusammensetzte, ergaben sie einen Sinn. Hier begriff ich gar nichts.
Die Runde klatschte.

Susanne lehnte sich zurück und begann leise zu summen. Die Bienenkönigin schwirrte aus und nahm uns mit. Von Blüte zu Blüte. Zuerst den Liedermacher, dann Edmund – und nach und nach stimmten die anderen ein. Der Schwarm erhob sich über die Planken des Schiffs. Der Gesang der Königin war berauschend. Fetzen russischer Worte umkreisten den Ozeandampfer. Die Stimmen hoben und senkten sich. Die Bässe vibrierten und nahmen mich mit. Ich schloss die Augen und ließ mich treiben. Ein breiter Fluss zog sich durch die unwirkliche Landschaft.
»Amur, Don i Jenissej«, hallte es von der Uferböschung.
Der Strom wurde wilder und schneller. Ich versuchte, die Worte der Bienenkönigin zu verstehen. Sie flogen über das sprudelnde Wasser hinweg ...
Waschi skasotschnije reki ...

und erzählten von einer »skasotschnoje«, märchenhaften, Welt.
... berut menja s sebje w put'!

Der Strom wurde langsamer, und ein kehliges »Hmm, hmm, hmmmmm« hallte in mir nach.
»Lass es ruhig raus!«, sagte Nickelbrille.
Ich öffnete die Augen. Das russische Lied war verklungen, das Bienenvolk nach Hause geflogen, und die Mannschaft saß wieder in gewohnter Runde.
Ich löste mich aus Nickelbrilles Armen. »Tschuldigung!«, stotterte ich. Mir war völlig unklar, wie ich in die Fänge des stotternden Dichters geraten war.

*

Am S-Bahnhof Lichtenberg sprang ich die Treppe runter. Es war schon weit nach acht. Als ich den Berufsschulkomplex erreichte, war ich schweißgebadet. Erst jetzt stellte ich fest, dass ich meinen Hirschbeutel mit den Schulsachen bei Edmund liegengelassen hatte.
»Das ist das elfte Mal!«, sagte der Werkstoffkundelehrer, als ich durch die Tür trat.
»Entschuldigen Sie bitte ...«, stammelte ich, »... aber heut ... sind Kohlen gekommen!«
»Ah«, der Lehrer blickte mich mit großen Augen an, »da könn' Sie ja bald 'n Laden eröffnen!«
Die Klasse grölte.
»Ich glaube, das ist jetzt die dritte Lieferung in diesem Jahr? Oder?«
Ich zog den Kopf ein und stiefelte nach hinten.
In der vorletzten Reihe klemmte ich mich in die Bank und nickte im Takt dem Vortragenden zu. Neben mir saß die Lackierkönigin, mit Buch- und Tabellenmaterial. Sie war der Vorzeigelehrling unserer Be-

rufsschule und dazu winzig klein. Egal, welche Beschichtungsmethode anstand, die Lackierkönigin erledigte sie mit einem feinen Lächeln, stoischer Gelassenheit und winzigen Händen.
Dabei legte sie immer eine meisterliche Arbeit hin. Woher nahm das kleine Wesen diese Disziplin?
Im Gegensatz zur praktischen Arbeit war die Schule noch das geringere Übel. Um acht ging es los und um spätestens 15 Uhr endeten die Fachstunden.
Ich machte es mir in der Bankreihe bequem und lauschte weiter dem Vortragenden.

*

Als ich mich aus den Fängen von Nickelbrille befreit hatte, lächelte Susanne zu mir rüber.
»Sind so kleine Hände ...«, sang sie.
Ich glotzte auf meine, so klein waren sie nun auch wieder nicht.
Der Liedermacher zupfte virtuos und mit beachtlich langen Fingernägeln die Saiten seiner Klampfe. Er legte seinen Blick auf Susanne. Sein tief ausgeschnittenes schwarzes Hemd rahmte seine stark behaarte Matrosenbrust. Unmittelbar vor ihm lagen zwei Tänzerinnen. Ihre Augen hingen nicht nur an seinen Lippen, sondern verfingen sich auch in seiner Brusthaarwolle. Er spielte gut, ohne Frage, aber deshalb musste man ja nicht gleich kopulieren! Und außerdem ging es ja bei diesem Vortrag um Susanne. Die noch von kleinen Füßen, Ohren und Mündern sang, bevor es um die Augen, Seelen und das Rückgrat ging. Ich musste an die Lackierkönigin denken.
Edmund setzte sich zu mir und fragte mich, was ich so treibe.
»Ach, naja, so dies und das ...«, stammelte ich. »Ich laufe hier gern durch die alten Straßen. Die Fassaden erzählen mir Geschichten, und ich höre

ihnen zu. Und ich hab gerade eine Berufsausbildung angefangen, ganz schön öde!« Edmund fuhr sich durch den Rauschebart.
»Hm«, brummte er.
Mehr kam nicht von ihm, aber ich hatte das Gefühl, dass er mich verstand. Deshalb fragte ich ihn, ob ich nicht ein paar Tage bleiben könne. Er lächelte nochmal sein »Hm«, und die Sache war geritzt.

»It's show time«, riefen die Tänzerinnen plötzlich, und eine wilde Jazzmischung dröhnte aus den Kugelboxen. In Bruchteilen von Sekunden befand sich die komplette Mannschaft auf den Beinen, und wie in einer Ballettaufführung tanzte jeder seine Figur. Ich versuchte mich im Improvisationstanz »Zitternder Aal«. Susanne lachte immer wieder, wenn ich an ihr vorbeizitterte. Warum konnten die alle so gut tanzen?
Im Laufe der Nacht erfuhr ich von einem Theater in der Schumannstraße, wo nicht gesprochen wurde. Nur Musik und Bewegung gab es da. Ich hatte noch nie davon gehört.
Natürlich kannte ich die FDJ-Singgruppe meiner Polytechnischen Oberschule, die heroische Lieder sang, und auch Dagmar Frederik, die überschwänglich »Ein Kessel Buntes« moderierte. Ganz zu schweigen von den endlosen Beinen des Fernsehballetts, die an mir vorbeitänzelten, als ich mit meiner Mutter einmal im Friedrichstadtpalast saß.
Doch nun gab es für mich andere Dinge in unserer kleinen Republik zu entdecken. Und dies Andere machte neugierig. Aber es befand sich nicht in meiner alten Pankower Welt, hinter ordentlichen Gardinen, dekorierten Sofakissen und Sprelacart-Schrankwänden. Nein, es roch nach Staub und Schutt und lag im hintersten Hinterhof verborgen. Von dort war es jetzt möglich aufzuspringen, auf einen Dampfer, der jeden Abend ablegte und mich ein Stückchen weiter mit rausnahm.

JÖTTERSPEISE

Der praktische Teil meiner Facharbeiterausbildung begann um 6:30 Uhr. Der Meister saß im weißen Kittel am Tisch unseres Kellerverschlages. Mit stoischer Gelassenheit verfolgte er unsere Hochgeschwindigkeitsumziehversuche an den Spinden.

Raus aus den Thälmannjacken, Fleischerhemden, Batikhosen und Jesuslatschen, rein in die Malerhosen, Malerjacken und harten Rindsleder-Arbeitsschuhe. Den Höhepunkt bildete der gelbe Bauarbeiterhelm, den ich auf mein Haupthaar steckte. Die Eierkrone wippte gefährlich auf meinem Schädel hin und her.

Punkt 6:30 Uhr schaltete Bummi sein Sternradio aus. Wir nannten den Meister so, weil er aussah wie der Teddy aus dem Kinderfernsehen.

»Guten Morgen, Määäänna!«, sagte er, und das jeden Morgen, von Montag bis Freitag. Man hätte auch eine Schallplatte laufen lassen können.

Määäänna? Unsere Lehrlingsbrigade bestand aus sechs Jungs und zwei Mädels. Auch wenn Bummi eventuell an einer Ametropie litt und er die weiblichen Rundungen unserer Lehrlingsmädels nicht wahrnehmen konnte, so hatte er sich doch recht schnell widersprochen, nämlich als er nach unseren ersten Pinselversuchen die Lackierkönigin krönte.

Die Anwesenheitsliste füllte sich schnell mit Verspätungseinträgen, da ein zu langsames Zubinden der Schuhe oder Zuknöpfen der Jacken oder das Verschließen des Spindes erst um 6:31 Uhr schon als Verstoß gegen die Pünktlichkeit geahndet wurden. Gleichzeitig musste der verspätete Sündenbock eine Mark in die Brigadekasse zahlen. Im Laufe des ersten Lehrjahres sammelte sich eine beachtliche Summe an. 32 Mark steuerte ich bei. Die anderen fünf Jungs füllten auch ganz gut die Kasse. Dagegen stand die kleine Lackierkönigin. Sie wartete mit einer hundertprozentigen Pünktlichkeitsliste auf.
»Wahrscheinlich haut die Braut sich nach de Arbeit glei hin!«, sagte Kuhkopp und glotzte mit seinen Riesenaugen in die Runde. Er war mit 48 Mark Spitzenreiter. Seine Bewegungen entsprachen denen des hochbeinigen Weidetiers. Bei den Mahlzeiten zerkleinerte er die Kantinen-Bockwurst mit langsamen Mahlbewegungen seiner Kiefer. Überhaupt ließ sich Kuhkopp nicht aus der Ruhe bringen. Alle Bewegungen seines Körpers erfolgten in Zeitlupe.

Der Schleier der Müdigkeit legte sich während der morgendlichen Belehrung auf mich. Die Gelbhelme verschwammen vor meinen Augen. Ich hatte nur zwei Stunden geschlafen.
Bummi war mal wieder in Höchstform. Wortfetzen vom Arbeitsschutz schwirrten durch den muffigen Kellerraum.
»Die Schutzhelme müssen immer getragen werden! Ist das klar?«, bellte er.
Ein Brummen ging durch die Reihe der am Wachstuchtisch Hockenden. Danach erfolgte die Einteilung. Ich wurde mit Gurke in den Malerkeller abkommandiert.
»Bis Mittag Ordnungsdienst. Verstanden!?«

Ich erwachte aus der Dämmerung und wollte schon »Jawoll!« brüllen, aber den Gefallen tat ich ihm dann doch nicht.
Gurke und ich taumelten in den Kellerverschlag. Nach einer kurzen Einweisung verschwand Bummi im Labyrinth des Kellers. Eine Batterie von stinkenden Ölfarbtöpfen stand vor uns und wartete darauf, blitzblank gereinigt zu werden. Gurkes Verfassung ähnelte meiner. Er war gestern beim Feeling-B-Konzert gewesen. Die anschließenden Feierlichkeiten hatten sich bis in die Morgenstunden gezogen, erzählte er mir, während wir in den Töpfen rührten.
Gurke kam aus dem Spreewald. Seine Eltern machten also in Gurken.
»Saure Gurken und Senf in Fässern machen die, aber dit is nüscht für mich!« Gurke wollte Musiker werden. Er spielte seine MUSIMA wie Hendrix die Fender Stratocaster.
»Aba ick spiel die noch dreckiga!«, tönte Gurke, nahm seinen Helm ab und kickte ihn durch den Raum. Ich konnte ihm kaum folgen. Meine Augen fielen mir bei den monotonen Rührbewegungen in den Töpfen immer wieder zu.
Seine Band hieß »Arschbanane«.
»Wir sind total schlecht«, sagte er, »aba bald sind wa jut!«
Bei dem Wort schlecht musste ich aufstoßen. Säuerliches schwamm in meinem Hals.
»Mann, siehst du scheiße aus!«, blinzelte Gurke zu mir rüber.
»Hau dich uff die Lappen da drüben. Ick pass uff!«
Ich hätte Gurke umarmen können, aber noch lieber kroch ich unter die Malerlappen. Mein Bauarbeiterhelm rollte von meinem Schädel. Gefühlte zwei Sekunden später schlief ich tief und fest. Erst als das Anwesenheitsbuch einen Millimeter vor meiner Nase auf den Kellerboden schlug, kam ich wieder zu mir.
Bummi stand breitbeinig im Kellerverschlag.
»Nehmen Se ma Haltung an!«, brüllte er.

Ich wälzte mich aus dem Lappengebilde und tat so, als wenn ich auf der Suche nach Erdöl wäre. »Gleich ... hab ... ich's!«, stammelte ich und robbte durch die muffigen Tücher.
»Von Ihrer schauspielerischen Leistung abjesehen ist das 'n herber Verstoß gegen die Arbeitsschutzverordnung! Wir werden das zu jejebener Zeit auswerten!«
Ich glotzte wie ein verschlafener Pudel in den Malerkeller. Wo war Gurke?, fragte ich mich.
»Nu machen Se mal nich so 'n bekloptes Jesicht. In eener Stunde blitzt hier alles! Ich hoffe, ich hab mich klar ausjedrückt?«
»Jawoll!«, sagte ich diesmal und trat an die Malertöpfe.
Als ich mit der stinkenden Ölfarbe fertig war, räumte ich die Töpfe ins Kellerregal.
Ein leises Pfeifgeräusch ließ mich aufhorchen. Ich blickte mich um. Tatsächlich! Leises rhythmisches Pfeifen drang an mein mattes Ohr. Ich bückte mich und sah einen in Malerlappen gewickelte Gurke unterm Tisch liegen.

Zum Feierabend mussten wir nochmal bei Bummi antreten.
Er wolle die Sache nicht hochkochen, sagte er und spielte dabei mit seinen Wurstfingern am Sternradio. Er glaube an uns und unseren Arbeitswillen. Deshalb habe er sich überlegt, dass wir als gewerkschaftliche Abordnung der Malerbrigade »Ernst Thälmann« an der Weiterbildung »Junge Werktätige« teilnehmen dürften. Dabei konnte er sich ein Grinsen nicht verkneifen.
»Die Bildungseinheit findet am kommenden Sonnabend und Sonntag beim FDJ-Zentralrat Unter den Linden statt. Beginn jeweils acht Uhr!«
Bummi lehnte sich gelassen zurück.
»Und eines will ich Ihnen noch mit auf den Weg geben: Wenn Sie die Teilnahme versäumen, werden wir Ihre Lehrverträge auflösen!«

»Der Typ hat doch voll den Arsch offen!«, meckerte Gurke. Wir staksten die Rummelsburger runter.
»Ick hab am Wochenende 'ne Mugge!«
An den S-Bahnbögen des Bahnhofes blieben wir stehen.
»Mensch, ich will da ooch nich hin«, sagte ich, »aber die schmeißen uns sonst raus!«
Gurke winkte ab. »Wir kippen erst mal 'n Sturzbier, Alta!«
Er deutete auf die Bierpinte für Schichtarbeiter.

»Sag mal, wo wohnst 'n eigentlich?«, fragte ich Gurke wenig später und nippte an meinem Bier.
Meine größte Sorge war nämlich, ein dauerhaftes Quartier aufzureißen. Seit einigen Wochen pendelte ich nun zwischen der Katzenbude des Indianers und Edmunds Dunkelkammer und wollte auf keinen Fall in mein Kinderzimmer nach Pankow zurück.
»Da liegt meine Kindheit begraben«, hatte ich Edmund an einem der Abende erklärt. Er hatte sein »Hm« gebrummt und sich den Bart gekrault. Dann öffnete er doch seinen von Haaren bedeckten Mund: »Platz ist in der kleinsten Hütte! Du bist hier immer willkommen!« Er schloss mich fest in seine Arme.
Warum hatte ich keinen Vater, der mich in seine Arme nahm?
Gurke kippte sich glucksend das zweite »Nulldreiunddreißiger« rein: »Inna Zionskirch. Eijentlich is dit unsa Proberaum!«
Die Straßenbahn schob sich mühsam den Veteranenberg rauf. In der Kurve kurz vor der Kirche schrien die Räder in der Schiene. Es war stockdunkel, als wir vor einem verfallenen Haus ankamen. Gurke stocherte im Vorhängeschloss der Souterrain-Kellertür herum.
»Mann, dit scheiß alte Schloss!«, meckerte er in den Nachthimmel. »Dit is doch Jurkensalat!«
Ich pisste mich fast ein vor Lachen.

Tür zu!
ALtA
KOHLE

Heute
20 Uhr
Probe
GURKE

»Du hättest dich mal sehen sollen, so in die Malerlappen gewickelt«, wieherte ich. Gurke wieherte mit: »Na, du sahst ooch aus wie 'n jestrandeta Wal.«

Als das Schloss endlich offen war, tasteten wir uns in den Keller runter. Gurke machte Licht. Ein paar Kerzen auf einer Bierkiste. Paletten mit Matratzen. Eierkarton-Wände. Seine MUSIMA mit Verstärker, daneben das Schlagzeug und eine Bassgitarre.

»Mehr brauch die Welt nich!«, sagte Gurke und köpfte eine Flasche Berliner.

Er nahm einen kräftigen Schluck und reichte mir die Bierflasche. Ich hockte mich auf eine Gemüsekiste und lehnte mich an die Kellerwand.

»Und wenn de ma musst?«, fragte ich.

»Kacken jeh ick uff Arbeet und pissen kannste hinten uff'm Hof!«

Gurke machte sich an seinem Plattenspieler zu schaffen.

»Und jetz der Jott det Rock 'n' Roll!«

Die Fender Stratocaster jaulte aus den Boxen. Jimi Hendrix sorgte für phänomenale Rückkopplungen. Der Sound war markerschütternd. Gurke sprang durch den Keller. Er hatte sich seine MUSIMA umgehängt und schaltete den Verstärker ein.

»Und jetz zwee Jötta, und zwa Jötterspeise!«, brüllte er.

Ich sprang auf, und wir rockten über den alten Kellerbetonboden.

VENCEREMOS

Aus dem Indianer war nichts über Susanne rauszukriegen. Wahrscheinlich kannte er sie gar nicht. Ich hatte das gesamte Haus mit Seitenflügeln und Quergebäuden abgesucht. Keine Susanne, kein Schnittlauch in der Dachrinne, kein Vivaldi. Die Gummihopse-Mädels glotzten mich misstrauisch an, als ich nach dem Kastanienmännchen fragte.
»Hast du wat ana Waffel?«, riefen sie mir nach.
Ich musste leider auch feststellen, dass in gefühlt 200 Hinterhöfen des Prenzlauer Bergs Kastanienbäume standen.
Edmund zuckte immer nur mit den Schultern und brummte sein »Hm«, wenn ich nach Susanne fragte. Die einzige Möglichkeit, die ich noch hatte, war das Theater. Dieser Ort, wo nicht gesprochen wurde. Nur Gestik und Musik. Ein Pantomimentheater.
Aber konnte ich ein schweigendes Ensemble zum Sprechen bringen?
Ich hatte Susanne seit der Fete nicht mehr gesehen. Es waren Wochen vergangen, aber ich dachte, Edmund wäre ein Freund von Susanne und sie könnte hier jede Sekunde aufkreuzen. Aber Pustekuchen, sie kam

nicht. Was war los? Ich wollte nur einmal ihr Lächeln. Ein Wort von ihren Lippen, ein Lied aus ihrem Erdbeermund.
Nach und nach nistete ich mich in Gurkes Keller ein. Es war okay, aber die sogenannten Proben, Donnerstag und Freitag, gingen mir richtig auf den Sack. Von Musik konnte nicht die Rede sein. Es war eher ohrenbetäubender Jammer-Trash. Gurke war ja noch ein Lichtblick, mit seinen jaulenden Gitarrenriffs, doch der Schlagzeuger hatte gar kein Rhythmusgefühl und Bassi zupfte unbeholfen an seiner Vierseitigen und schrie immerfort »Anarchie!«. Dafür pennten sie nach ihren Probennächten auf dem Matratzenlager, das ich für mich gebastelt hatte. Ich war also raus, jedenfalls an den beiden Tagen.

Donnerstags ging ich zum Indianer. Er hatte irgendwann zu mir gesagt: »Meene heilijen Pforten sind für Katzenliebhaba imma offen!«
Er ließ richtige Punks aus den Boxen schreien, las stundenlang *Sinn und Form* und philosophierte mit seinen Vierbeinern. Manchmal kam Rosa vorbei. Ich flehte sie dann an, auf ihrer Beingeige zu spielen. Aber seltsamerweise hatte sie ihr Cello nie dabei.
Dafür setzte sie sich ans Klavier und improvisierte stundenlang. Ich lag auf dem Boden, auf mir schnurrte Hegel, der Indianer lag dicht neben mir. Ab und zu griff ich nach seiner Hand. Ich schloss die Augen und sah Frank, meinen Blutsbruder. Er kreiste mit riesengroßen Schwingen über mir. Er rief mir etwas zu. Es waren Bruchstücke unserer unendlichen Kindheit. Er tauchte komischerweise immer auf, wenn ich beim Irokesen in der Katzenbude war. Es war ein magischer Ort, an dem ich mit Frank Kontakt aufnehmen konnte.

An den Freitagen war ich bei Edmund. Er experimentierte gern in der Küche, kochte verrücktes Zeug und gab mir Nachhilfestunden in klassischer Musik. Ich lernte verschiedenste Interpretationen des Wohltemperierten Klaviers kennen. Erik Satie spielte für uns, genauso wie Glenn Gould.

Weil Edmund wenig sprach, redete ich viel. Ich erzählte von meiner Kindheit, meiner Großmutter, von Tanti und meiner liebevollen Mutter. Irgendwann fing ich an, auch über Frank zu sprechen. Dass wir Blutsbrüder mit Indianerehrenwort waren, von klein auf. Ich erzählte ihm von dem Kinderwagen, in dem wir zusammen gelegen hatten, und meinem Hungerstreik. Dass wir danach sogar zusammen in meinem Bett schlafen durften. Von dem Kinderzimmertelefon, das Franks Vater installiert hatte, und der Leitung, die quer an der Hoffassade hing, von Franks zu meinem Fenster.

Ich wischte mir mit dem Ärmel übers Gesicht. Die scheiß Tränen fingen an zu laufen. Edmund stand am Herd und werkelte. Er konnte mich glücklicherweise nicht sehen.

»Auch ... später haben wir ... alles geteilt, ... selbst die erste Freundin!«, stotterte ich

»Verstehst ...du?«

Edmund drehte sich jetzt zu mir und blickte mich an.

»Hm«, brummte er, »ein Freund ist sehr wichtig!«

Er setzte sich zu mir aufs alte Küchensofa und legte seinen Arm um mich.

»Und«, fragte er, »was ist dann passiert?«

Meine Unterlippe fing an zu zittern, die blöden Tränen liefen und liefen.

»Voriges Jahr ...«, schluchzte ich, »kurz vor Weihnachten, bin ich mit Frank in das scheiß ... Grenz...gebiet geschlichen ...« Weiter kam ich nicht. Ich war einfach noch nicht in der Lage, Edmund die ganze Geschichte zu erzählen.

Meine Zunge streikte. Ein Zucken fuhr unentwegt durch meinen Körper und schüttelte mich durch. Edmund hielt mich fest in den Armen. Mein Gesicht lag in seinem Rauschebart, den ich hemmungslos vollheulte.

Anfang Dezember ging ich zum ersten Mal in das Theater ohne Worte. Edmund hatte meine Tränen getrocknet, mir ein »Susanne-Zeichen«

gegeben, und ich hatte so lange auf Gurke eingequatscht, bis er mitkam.
Seitdem wir zusammen hausten, jedenfalls einen Teil der Woche, hörte er manchmal auf mich und ich auch manchmal auf ihn.

Er hörte auf mich, als die Lehre auf der Kippe stand. Wir gingen an dem besagten Wochenende als Abordnung der Malerbrigade »Ernst Thälmann« zur »Weiterbildung junger Werktätiger«. Ich musste wiederum auf ihn hören, was unser Outfit betraf.
Gurke hatte Pionierhemden und Halstücher organisiert, selbst zwei Käppis. Die Lackierkönigin flocht uns Zöpfe. Gurke wollte unbedingt Affenschaukeln.
Glücklicherweise gab es keine Röcke in unserer Größe. Sonst hätte er auch noch auf die bestanden. Ich hüllte mich in meinen Shellparka. Gurke warf sich seine abgeranzte Motorradjacke über. In der Straßenbahn mussten wir immer wieder lachen. Aber je näher wir den Linden kamen, desto schweigsamer wurden wir.
Am Einlass stand eine junge Frau im Blauhemd. Als sie uns sah, drehte sie sich kurz weg. Ich glaube, sie musste lachen. Gurke schob sein Käppi tiefer ins Gesicht.
»Wir sind die Malerkollejen von Teddy Thälmann«, sagte Gurke der Frau, »und immer bereit!«
Sie schaute uns kurz und fest an. »Na, dann viel Spaß bei der Weiterbildung!«
Ich glaubte es kaum! Keiner nahm so richtig Notiz von uns. Selbst im Konferenzsaal blieb das große Raunen aus. Es lag an den vielen Freundschaftspionierräten, die auch mit Halstüchern rumrannten. Und es waren ein paar Chilenen anwesend. Die trugen weiße Hemden.
»Chilenen sind meene Freunde!«, sagte Gurke und stiefelte auf die Gruppe los.
»Hey, warte doch mal!«, rief ich ihm hinterher.

Gurke schlängelte sich durch die Menge, bis er im Kreis der Chilenen stand. Ich hatte Mühe, ihm zu folgen. Sah nur, dass er unentwegt die Faust hob und etwas rief.
Die Chilenen lachten, und Gurke brüllte : »Venceremos, venceremos! Schlagt dit Volk aus den Ketten, schlagt los!«
Einer der Chilenen hob jetzt auch die Faust und sang: »Venceremos!«
Gurke hatte ihm seinen Arm um die Schulter gelegt. Ein paar Abgeordnete machten Fotos. Auf der Heimfahrt saß ich kopfschüttelnd neben Gurke.
»Bist du nicht ganz dicht?!«, fragte ich. »Was sollte denn die Aktion?!«
»Mensch, Alta, kennste Salvador Allende nich? Der Typ war 'n richtija Kommunist. Der is in'n Freitod jejangen. Vastehste?«

Glücklicherweise waren die Chilenen am zweiten Tag nicht mehr da. Dafür war am Montag ein riesiges Foto von Gurke und den Chilenen mit gestreckter Faust im *Neuen Deutschland*. Darunter stand »Venceremos!«. Bummi bestellte uns nach der Mittagspause in seinen Kellerverschlag.
»Na, Männa, dit war ja 'n großer Erfolg!«, schmunzelte Bummi. »Ich wusste jar nicht, dass ihr solche Ajitatoren seid!«
»Venceremos!«, rief Gurke bei unserem Abgang.
»Ich glaube, du hast unsere Lehre gerettet!«, seufzte ich zufrieden.

Trotz des geglückten Auftritts im Zentralrat hatte ich wegen des gemeinsamen Theaterbesuchs extreme Überzeugungsarbeit leisten müssen, denn es war Freitag, und normalerweise probte »Arschbanane« jetzt für das große Punkkonzert in der Erlöserkirche. Ein böser Streit flammte zwischen Gurke und dem Schlagzeuger auf.
Bassi hatte Verständnis, aber der Drummer die Schnauze voll. Er packte das Schlagzeug in seinen Handwagen und verschwand. Ich redete auf Gurke ein, dass es viel coolere Schlagzeuger gäbe.

EVP 6,10M
Alkydharz-
Vorstreichfarbe
SIGNAL
ROT
für außen
NEUES
ORGAN DES ZENTRALKOMITEES
Eindrucksvolles
Solidarit
VENCE
Gedenken am

TERN-RECORDER
ruhla
MADE IN GDR
SICHERHEITS ZÜNDWAREN
Proletarier aller Län
SCHLANDS
Sozialismus
reit

»Lass ma jut sein!«, sagte er. »Wir jehn jetz ma zu dein Theata!«
Ich fühlte mich beschissen. Warum hatte ich nicht den Arsch in der Hose, allein zu gehen? Musste ich immer jemanden an meiner Seite haben? Lag es an meinem zwanghaften Wahn, unbedingt einen besten Freund haben zu müssen?
Wir steuerten schweigsam auf den Theaterplatz zu. Ich wollte schon wieder abdrehen, als Gurke sagte: »Übrijens find ick dit jut, dass de mir mitnimmst!« Gurke boxte mir gegen die Schulter und wir lachten.
Im Foyer suchte ich Susanne vergebens. Es war brechend voll. Edmund hatte für uns zwei Karten hinterlegt. *Blaubart* stand auf dem Programm. Die Unruhe, die in mir aufstieg, war kaum auszuhalten. Susanne tanzte in meinem Hirn. Meine Gedanken fuhren Karussell. Als das Saallicht gedimmt wurde, kühlte die Dunkelheit meine Anspannung etwas.
Im Zuschauerraum herrschte absolute Stille, bis sich der Vorhang öffnete und ein punktuelles Licht die spärliche Bühne mit weißgesichtigen Gestalten beleuchtete. Als ich Susanne zwischen den anderen Tänzern entdeckte, durchfuhr mich ein Blitz. Es war wie ein Schlag, der mich getroffen hatte, nur dass kein Schmerz einsetzte. Ich schwebte taumelnd im Raum und starrte gebannt auf Susanne. Besser gesagt auf ein fremdes Wesen, das mich mit aller Wucht verzauberte. Ein Reigen, ein Tanz, eine Kraft. Jede Geste brannte sich mir flackernd ein. Ab und zu kam ich zu mir, denn Gurke stach mir mit einem »Wahnsinn! Dit is Wahnsinn, Alta, wie die sich vaknoten!« seinen Ellenbogen in die Seite.
Als das Stück vorbei war, blieben wir noch eine Weile sitzen. Gurke hatte es auch die Sprache verschlagen. Wie war das möglich, ohne Worte so viel zu sagen?
Als wir wieder auf dem Theaterplatz standen, hielt mir jemand die Augen zu. Susanne! Ich drehte mich um und küsste ihre Lippen. Es war, als ob wir uns gestern das letzte Mal gesehen hätten.
So vertraut, so normal, so schön. Ich hielt sie fest in meinen Armen und wollte sie nie wieder loslassen.

»Ich hab dich überall gesucht!«, flüsterte ich in ihr lockiges Haar.
»Nun hast du mich ja gefunden!«, hauchte sie.
Ich hielt ihr Gesicht in meinen Händen und küsste ihre Stirn und ihre Augen. Hinter uns stand Edmund mit einem auffälligen Mann.
»Das ist unser Meister«, erklärte Susanne, »er schreibt die Stücke und studiert sie mit uns ein!«
Der Mann mit Schal und Schiebermütze reichte mir lächelnd die Hand: »Wir machen noch ein kleines Fest.«
»Egal, was Susanne macht, ich bin dabei!«, rief ich.
Schiebermütze stieg in seinen Trabbi-Kombi. Die Theaterclique saß schon im Polster. Gurke und ich quetschten uns in den Kofferraumbereich. Wir ritten durch die Berliner Nacht. Vorbei an schlafenden Häuserfassaden und stehenden Straßenbahnen. Nur wenige Laternen leuchteten uns. Ein leichter Schneegriesel fiel vom schwarzen Himmel. Die Nacht war neblig und kalt, aber ich fühlte eine unsagbare Wärme in mir. Irgendwie hatte ich in diesem Menschenknäuel Susannes Hand gefunden. Ich hielt sie, bis wir in der Schönhauser bremsten.
Wir pellten uns aus dem Wagen und stiegen die breite Vorderhaustreppe in den ersten Stock hoch. Komisch, dachte ich, bis jetzt war ich nur in Hinterhäusern gewesen.

Die Wohnung von Schiebermütze war groß, besser gesagt, riesig. Ein langer Flur mit Regalen, in denen Hunderte von Büchern lagerten. Links und rechts führten Türen in Räume mit knarzendem Parkett, von denen man wieder durch Türen in die angrenzenden Zimmer gelangte. Die Raumhöhe war beeindruckend. An den Decken zogen sich Stuckbänder entlang und formten sich zu Drachenköpfen. Es roch stark nach Ölfarbe. Zwei Räume, die mit einer Schiebetür verbunden waren, standen voller Bilder. In der Mitte eine Staffelei, daneben mehrere kleine Tische mit unzähligen Tuben. Ein Großteil lag ausgequetscht am Boden. Ein Haufen, der schon mit den umliegenden Möbelstücken verwachsen schien. Er ähnelte ein bisschen dem Krusten-Herd des Indianers. Zwei abgewetzte Sessel standen vor dem Gebilde mit Hockern, auf denen Bücher, Gläser und Teller lagerten. Die Bilder waren alle zur Wand gedreht. Kein einziges sichtbar.

Erst jetzt bemerkte ich, dass ich allein im Raum war. Vom Flur schwappte Gelächter herüber. Hinter mir knackte es.

RAVI SHANKAR

Die Sonntage wurden zunehmend anstrengender. Ich hatte mich verpflichtet, jedes Wochenende bei meiner Mutter aufzukreuzen.

Wir saßen schweigend am Stubentisch. Dem Essen fehlte die Liebe. Es schmeckte fad. Die Soßen waren mehlklumpig, der Schweinebraten zäh und trocken. Seitdem ich Edmunds experimentelle Küche kennengelernt hatte, fiel mir auf, wie unflexibel die Kochstandards meiner Mutter waren. Aber das störte mich nicht. Eher ihr leises Fordern, ich solle wieder in mein Kinderzimmer ziehen.

»Du hast doch hier alles, Junge!«, schluchzte sie. Sie weinte immer wieder.

»Mutti, ich bin doch jeden Sonntag hier! Und wenn du willst, machen wir nächstes Mal einen Ausflug.«

Sie stand auf und räumte das traurige Essen in die Küche. Ich ging ihr beim Abwasch zur Hand. Wir schwiegen, bis alles wieder in der Einbauküche verstaut war.

So ein Fremdkörper!, dachte ich.

Das schöne alte Buffet war ein Stück Kindheit gewesen. Und jetzt dieses Hochglanz-Sprelacart-Möbel! Aber wenn es sie glücklich machte ...
Ich hätte letzten Sonntag lieber die Klappe halten sollen, als sie mir an der Wohnungstür eines ihrer schönen Tücher um die Augen band.
»Nicht schmulen!«, flüsterte sie aufgeregt.
Sie führte mich in die Küche, und jetzt durfte ich das Tuch abnehmen und die neue Einrichtung sehen. Ich glaube, ich habe etwas sehr Gemeines gesagt, denn ihre kindliche Freude verschwand innerhalb von Sekunden. Den gesamten Nachmittag hatte ich zu tun, sie wieder aufzumuntern.
Ich war genervt. Viel lieber hätte ich den Sonntag bei Edmund verbracht. Er hatte die ganze Woche in seiner Küche indisch herumexperimentiert. Ein Sitarspieler war für das Wochenende angekündigt. Ein Freund von Edmund, der in Griechenland wohnte. Als ich Gurke davon erzählte – wir hockten gerade in einer Lichtenberger Mietskaserne und waren von Bummi verdonnert worden, zwei Kilometer Scheuerleiste zu pinseln –, war er außer sich.
»Mann, Alta, was'n dit für 'ne geile Scheiße!«
Gurke kriegte sich gar nicht mehr ein. Er umklammerte auf den Treppenstufen liegend unseren Besen.
»Wuing ... Ding ... Wuing ... Ding ...«, jaulte er, »ick hab 'ne 18-saitige!«
Die Scheuerleisten musste ich alleine weiterpinseln. Gurke spielte bis zum Feierabend auf seiner Besen-Sitar das gesamte Repertoire von Ravi Shankar.
Abends lagen wir im Matratzen-Souterrain, und die AMIGA-Lizenzausgabe des indischen Sitarspielers drehte sich immer und immer wieder auf Gurkes Plattenteller.
»Du musst dit einfach in dich rinlassen!«, kommentierte Gurke.
Mir fiel auf, dass ich bis jetzt nicht auf die Idee gekommen war, Gurke mit zu Edmund oder den Indianer mit zu Gurke zu nehmen. Oder den schweigsamen Edmund der noch verschwiegeneren Rosa vorzustel-

len. Hatte ich Angst davor oder war es purer Egoismus? Diese vielen kleinen Welten fühlten sich für mich so gut an. Aber eine Verbindung zwischen ihnen wäre bestimmt großartig. Vielleicht kannten sie sich aber auch schon längst. Sie wohnten ja alle im Prenzlauer Berg, der für mich immer noch ein riesiges Labyrinth darstellte.

Am nächsten Tag, um exakt 6:32 Uhr – Bummi hatte gerade den Ausschaltknopf seines Sternradios gedrückt und mir ein »V« für Verspätung in die Anwesenheitsliste gemalt –, beschloss ich, Gurke nach Feierabend mit zu Edmund zu nehmen. Seit einigen Wochen trotteten wir morgens gemeinsam in den Malerverschlag, aber Gurke zog sich gar nicht mehr um. Er hatte nach seiner letzten Verspätung angefangen, mit Bummi zu diskutieren. Dass die Erbsenzählerei langsam reiche, dass die Schikanen aufhören müssten. Dass es Kleinkackerei sei und nicht dem kommunistischen Gedanken entspräche. Er endete mit dem Ausruf: »Venceremos!« Danach zog er seine Malerklamotten nicht mehr aus. Er pennte sogar in dem Zeug.

»Hey Gurke«, sagte ich, »heute Abend gehen wir zu Edmund!«

Er machte sein klassisches Gurke-Frage-Gesicht.

»Wie, wat jetz?«

Ich rollte übertrieben mit den Augen. »Na, der Freund mit dem Sitarspieler!«, klärte ich ihn auf.

Sein Gesicht leuchtete. Er schmiss den Heizkörperpinsel über seine Schulter und kam auf mich zu.

»Mann, Alta, dit is ja der Hamma! Wuing ... Ding ... Wuing ... Ding!«, jaulte er und fiel mir um den Hals.

Wir sprangen im Kreis wie kleine Kinder auf einer Geburtstagsparty und grölten:

»Wuing ... Ding ... Wuing ... Ding!«

*

»Du könntest dich auch mal wieder bei deiner Großmutter sehen lassen!«, sagte Mutter mit vorwurfsvollem Unterton. Sie strich mit ihrer Handfläche die Tischdecke glatt und schob den Vanillepudding zu mir rüber.

»Den magst du doch noch, oder? Ich hab auch noch ein Glas Kirschen aufgemacht.« Es entstand eine unangenehme Pause. Sie erinnerte mich an meine verhauenen Diktate.
Schuldbewusst hatte ich meiner Mutter genau an diesem Stubentisch gegenübergesessen und mir ihre Moralpredigten angehört.
Ich saß nun schon seit 17 Jahren an diesem Tisch. Ihr gegenüber. Warum?, fragte ich mich.
Ich könnte doch aufstehen und den Platz wechseln, einfach so!
Aber so einfach war das nicht. Alles hatte hier seinen Platz, seinen Ort. Jede Schale, jedes Glas, und ich auch. Doch mein Platz, mein Ort war nicht mehr hier. Ich spürte es. Jede Minute.

Unsere hilflosen Versuche, dagegen anzukämpfen, waren vergebens. Die neue Welt lag da draußen und zerrte an mir. Sie zerrte so mächtig, dass ich meiner Mutter gegenüber immer öfter ungerecht wurde. Die alte Welt war zu klein geworden. Jeden Sonntag wurde sie kleiner. Trotzdem hatte ich Angst, dass sie irgendwann nicht mehr da sein könnte.
»Hast du heute etwas mehr Zeit mitgebracht als letzten Sonntag?«, fragte Mutter leise. Die Frage regte mich tierisch auf. Als ob ich das letzte Mal nach dem Essen gleich abgehauen wäre!
»Ich hab Zeit, Mutti!«, sagte ich auf glühenden Kohlen sitzend. »Was steht denn noch an?«
Ich scharrte mit den Füßen unter dem Tisch und popelte am Stickmuster der Tischdecke. Jetzt hatte sie mich, wie immer, in die Defensive gedrängt.

Der Kleine, der jetzt besser in sein Kinderzimmer gehen und mal über sein Verhalten nachdenken sollte.
»Sieh mich mal an, Junge!«, forderte sie.
Das ging jetzt wirklich zu weit. Ich musste sofort verschwinden, sprang im selben Moment auf, rannte in den plüschigen Flur, zerrte meinen Hirschbeutel von der Flurgarderobe und ließ die Tür ins Schloss knallen.

Die Berliner Straße war wie ausgestorben. Wahrscheinlich saßen die Pankower Spießer hinter ihren gepflegten Gardinen und glotzten die *Aktuelle Kamera*. Ich hatte es so satt, jeden Sonntag hier antreten zu müssen. Zumal genau an diesem Wochenende der Grieche kam. Gurke hatte mich den ganzen Freitag zugequatscht. Den Weg bis zu Edmund hatte er eine 18-saitige Sitar klingen lassen.
»Da jib's ooch noch eene 20-saitje!«, sang er euphorisch. »Die klingt sooo!«
»Hey, halt jetzt mal die Klappe!«, sagte ich wütend und bereute es fast schon, Gurke mitgenommen zu haben.
»Wir sind gleich da«, zischte ich scharf, »und Edmund will nich zugelabert werden!«
»Okay, okay!« Er hielt sich den Zeigfinger an den Mund. »Jurke kann schweijen wie 'n Grab!«
Das bezweifelte ich sehr. Ich kannte ihn jetzt schon eine Weile und wusste, wenn der sich erst mal in Rage gequatscht hatte, war es nicht leicht, den Aus-Schalter zu finden.

Erstaunlicherweise hielt er sich dann doch zurück. Gurke schaute sich mit großem Interesse die Schwarz-Weiß-Fotografien an, die bei Edmund überall in der Wohnung hingen.
Ich durfte verschiedene Salatkreationen kosten. Edmund hatte wieder mal gezaubert. Seit unserer ersten Begegnung schaute ich dem Meister über die Schulter, wenn er in der Küche herumexperimentierte. Ich

DUDEN

verfolgte mit Begeisterung seinen kochkünstlerischen Eigensinn. Wie er die spärlichen Zutaten aus dem Küchenschrank kramte, die wenigen Gewürze von der Kochmaschine griff, mit einer eleganten Handbewegung den alten Gaskocher zündete und den gusseisernen Topf auf die Flamme schob.
Das alles wirkte leicht und selbstverständlich! Wie ein Zauberkünstler auf der Bühne bewegte sich Edmund zwischen seinen Pfannen, Töpfen und Schüsseln. Doch was mich am meisten verblüffte: Keine seiner Kreationen wiederholte sich. Es gab in seiner Küche keine Standards, kein Kochbuch, keine Zettel mit Rezepten. Seine exotischen Gerichte hüpften direkt aus seinem Hirn in die Töpfe.
Am Abend saßen wir lange mit Edmund zusammen. Gurke erzählte von einem Fotografen, einem Nachbarn seiner Eltern, der nur Gurken fotografierte. Der Mann reiste zur Erntezeit durch den gesamten Spreewald und knipste die grünen Dinger.
»Wieda 'ne Jurke, knips!«, rief er. Edmund und ich bogen uns vor Lachen, und zwar wie die Gurken.
»Da!«, brüllte er und zeigte Richtung Küche. »Een Flamingo! Und hier 'ne chinesische Schlange! Knips! Knips!«
»Heißen die Dinger wirklich so?«, prustete ich außer Atem.
Gurke ruderte euphorisch mit seinen Armen in der Luft.
»Da jib's noch viel durchjeknalltere Teile!«

Als wir aufbrachen, Gurke war schon zwei Treppenabsätzte runter, drückte mich Edmund an seine Brust und sagte:
»Ein feiner Kerl ist das!«
Ich schmunzelte und machte »Hm!«.

Am Sonnabendmittag fuhr ich mit Edmund zum Tränenpalast, um den Sitarspieler abzuholen. So hatte ich Edmund noch nicht erlebt. Er brummte aufgeregt immer wieder sein »Hm«, obwohl ich gar nichts sagte. Als wir dann vor der Glashalle standen, wurde er etwas ruhiger. Um ihn abzulenken, erzählte ich von Tanti, meiner Großtante, die jedes Jahr, kurz vor Weihnachten, die Todeszone der Grenzanlagen passierte, um mir einen Westwunsch zu erfüllen. Ich erzählte von ihrem Vulkanfiberkoffer, den sie immer dabeihatte, von den Schätzen, die ich als Kind aus dem Koffer heben durfte, und dem traurigen Moment, als sie nicht mehr kam.

Aber Edmund hörte mir nicht zu. Ich glaube, er war in diesem Moment schon auf einer Reise. Einer langen Reise, die mit mir nichts zu tun hatte.

Der Sitarspieler fiel sofort in der Menschentraube, die aus dem Tränenpalast quoll, auf. Er trug ein besticktes rotes Käppi, darunter eine lange Nase, die in einen nicht enden wollenden Bart hing. Das Gewand, das er trug, bildete mit dem Bart eine farbliche Einheit. Natürlich hatte er sein Instrument dabei, einen Riesenkoffer. Edmund schaute sich immer wieder vorsichtig um. Wir hatten Mühe, das Instrument in die Straßenbahn zu fädeln.

MAGIER

Der Sitarspieler saß im Schneidersitz in Edmunds Wohnung im zweiten Hinterhof der Duncker 14. Gurke hockte ihm gegenüber. Er hatte mit seinen dünnen Beinen zu kämpfen. Die langen Dinger wollten sich nicht so richtig zum Lotussitz formen lassen. Der Liedermacher war gekommen, und auch zwei Tänzerinnen. Ich trug mit Edmund die Speisen ins Zimmer. Wir stellten sie in die Mitte auf einen improvisierten flachen Tisch. Als alles aufgetragen war, machte Edmund eine Verbeugung. In dem Moment klopfte es heftig an der Tür. Mein Herz hüpfte: Wenn so spät noch jemand auftauchte, konnte es nur Susanne sein. Auf sie hatte ich den gesamten Nachmittag sehnsüchtig gewartet, Minute für Minute. Doch je mehr es Abend wurde, desto mehr war meine Hoffnung in der Dunkelheit zerfallen. Jetzt war sie endlich da! Ich gab Edmund ein Zeichen und flitzte in die Küche. Als ich die Tür aufriss und einen Schritt ins Treppenhaus machte, stand – Nickelbrille vor meiner Nase. Anscheinend bezog er meine freudige Geste auf sich und drückte mich zur Begrüßung.

»Ich hab was vorbereitet!«, sagte er mit einem gewissen Stolz in seiner Stimme und schob sich an mir vorbei.
Au, Mann, dachte ich, bestimmt wieder so 'n Stotterreim.
Als ich ins Zimmer zurück trottete, sprach Edmund.

»Thank you for coming such a long way and crossing the border into East Germany to be with us. I know it cannot have been easy. But you all must know that music knows no borders – and never will!«

»Herzlichen Dank, mein Lieber, dass du den weiten Weg auf dich genommen hast, um heute hier in unserer Mitte zu sein. Du hast Grenzen überwunden, und das war bestimmt nicht leicht. Aber eins ist klar, meine lieben Freunde, die Musik wird immer Grenzen durchbrechen. Das war so, das ist so und es wird immer so sein!«, übersetzte er für uns.

Die Runde klatschte. Ich war platt. Edmund hatte in meiner Anwesenheit noch nie so viel gesprochen. Er war heute den ganzen Tag über schon anders. Vielleicht lag es auch an der Möglichkeit, Englisch zu sprechen. Sein experimentelles Essen war gewürzt mit der Sehnsucht nach der weiten Welt, und seine rätselhaften Fotos erzählten Geschichten von der Endlichkeit des Lebens.
Aber was wusste ich schon von Edmund? Ich kannte sein immerwährendes »Hm«, seine Kochkünste und seine Bilder. Mehr hatte ich noch nicht mitgekriegt. Aber ich mochte ihn sehr, das stand fest.
Der Sitarspieler verbeugte sich ebenfalls und sagte in gebrochenem Deutsch: »Arst komt de Musik und dan des Fräsen!«
Es wurde gelacht und geklatscht. Als er dann seine Sitar nahm, gab es nochmal euphorischen Applaus. Ich lehnte im Türrahmen und dachte an Susanne. Warum ließ sie mich so zappeln?
War das eines ihrer Spiele? Aufzutauchen und zu verschwinden?

Ich schaute zu Gurke rüber. Irgendwie war es ihm gelungen, seine Beine in eine Sitzposition zu falten. Seine Augen waren geschlossen. Beseelt saß er da.
Wahrscheinlich dachte er, Ravi Shankar wäre persönlich hier aufgeschlagen.
Die ersten Töne erklangen, und die Magie des Instrumentes entfaltete sich im Raum. Die Anspannung löste sich von den Gesichtern, und nach und nach nahmen alle in der Runde eine bequeme Haltung ein. Ich schloss die Augen und dachte an nichts. Das Nichts war bunt und flimmerte. Es trat hinter meinen Lidern hervor und schwamm vorbei, zog einen farbigen Streifen mit sich und flammte wieder auf.
Als die Sitar im Raum verklang, tanzten kleine Vögel in der Luft. Edmunds Querflöte setzte zaghaft ein, gefolgt von einigen schwingenden Tönen des Saiteninstrumentes. Wogen schwappten durch den Raum. Eine Welle Sitar, dann Flötenklänge. Auf erstaunliche Weise verbanden sie sich immer mehr und endeten in einem Sommergewitter. Es war still im Zimmer. Keiner sagte etwas, bis Nickelbrille das Wort ergriff.
»In einem grauen Baum hockte ein grauer Kolibri und träumte vom Glanz der Sonne. Alles, was ihn umgab, alle Wiesen, Wälder und Wasser, selbst seine Lieblingsblüten waren noch grau. Er hatte es von den großen Vögeln gehört, dass über dem Grau der Welt Gestirne funkelten, und besonders golden oder purpurn die Sonne ...«

Ich starrte zu ihm rüber. War er es wirklich, der das vortrug? Ich hatte ihn falsch eingeschätzt. So ein Spinner, hatte ich gedacht, als ich ihn mit seinem Stottergedicht, hier bei Edmund, das erste Mal erlebt hatte. Und nun erzählte Nickelbrille von der Sonne, die den Vögeln einen Pakt anbot: Weil sie ja bunt und schön sein wollten, sollten sie ihre Sprache gegen die Farbe des Regenbogens tauschen. Was zu einer heftigen Vogeldiskussion führte, die aus Edmunds Querflöte erklang. Dazu gewitterte die Sonne auf dem 18-saitigen Instrument.

KARO

Auf einer Welle von Sitarklängen brachen die Falken, Geier und Adler zur Sonne auf. Der Kolibri war zu schwach für den weiten Flug und blieb mit klagendem Flötengesang im grauen Baum zurück ...

»Dankeschön für eure Aufmerksamkeit«, sagte Nickelbrille, »und wer das Ende der Geschichte hören möchte, ist morgen Nachmittag herzlich eingeladen!«
Raunen ging durch die Runde, gefolgt von heftigem Klatschen.
»Achso«, sagte Nickbrille noch und zeigte auf Edmund, »der Herr hier hat kulinarisch gezaubert und zwar mit Hilfe des Regenbogens, der keine Grenzen kennt und alle Farben in sich trägt!«
Ich musste sofort an den morgigen Pflichtbesuch bei meiner Mutter denken. Verdammter Mist, dachte ich, mir blieb also das Ende der Fabel versagt. Ich fühlte mich wie der Kolibri, der nicht mit zur Sonne fliegen konnte, weil er zu schwach war. Das passte doch wie die Faust auf meine Augen, durch die ich glotzte und die Welt nicht begriff.
Ich schaute in die Runde, da saßen Leute, die etwas draufhatten. Und ich? Was konnte ich denn schon?
Gurke kam zu mir und knuffte mir in die Seite.
»Mann, Alta, urst jeil!«

Dabei stopfte er sich eine Ladung Reis mit Nüssen und Rosinen in den Mund.
»Und dit Zeug hier is der Hamma!«
Ich sagte: »Ja, Edmund hat's drauf, aus wenig viel zu machen!« Gurke wieherte und prustete mir eine Ladung Reiskrümel ins Gesicht.
»Da hol ick mir ma schnell Nachschlach, bevor dit Viele wenija wird!«
Er stakste rüber an die Schalen, die sich wirklich schnell leerten.
Mir war der Appetit vergangen. Ich musste immer noch an meine Mutter denken. Was hatte ich eigentlich für ein Problem? Die Sonntage waren das Problem! Der schweigende Stubentisch. Die Festtagsdecke mit

Untersetzern für die Gläser und Untertellern für die Tassen und Unterlagen für die Bratenschalen. Der Tropfenfänger an der Kaffeekanne, der Wärmepuff über der Terrine - all das unnütze Zeug. Wozu das alles? Hinzu kam das Kinderzimmer, das ich nicht mehr betreten wollte. Ein beschissenes Museum, in dem Mutter vor meinem Besuch extra ihre Wäsche wegräumte und alles auf Kante schob. Die gesamte Wohnung war eine Zeitmaschine, in die ich Sonntagmittag gesaugt und auf handliche Größe geschrumpft wurde. Abends öffnete sich die Wohnungstür und ich wurde in den Hausflur zurückgeschissen. Ich musste etwas ändern! Nicht nur mich quälten diese Pflichtstunden, meine Mutter litt ja auch.

Nickelbrille stand neben mir.
»Willste nichts?«, er zeigte auf seine handgetöpferte Schale mit zwei auffälligen Schlangenköpfen.
»Nee, danke!«, erwiderte ich abwesend und schaute wieder auf die Schlangenköpfe, die sehr menschlich aussahen.
»Das ist Naga«, erklärte er und hob die Schale höher, »eine indische Schlangengöttin.«
»Ah ... ja?«, brummte ich. Ich wusste gar nichts. Von Naga hatte ich noch nie gehört oder gelesen. Ich kannte nur Nagetiere, aber die hatten mit Schlangen nicht viel zu tun, außer dass sie von ihnen verspeist wurden. Die Pflichtlektüre in der Schule hatte mir das Lesen endgültig vergällt. Aber langsam merkte ich, dass da ein Schatz zwischen Buchdeckeln verborgen lag. Der Indianer hatte mir vor einigen Tagen ein dünnes Bändchen zugesteckt und gesagt, das wäre ein guter Anfang.

Immer, wenn ich zwischen seinen Katzen lag, lauschte ich seiner Stimme. Er las mir gern vor. Ich stellte keine Fragen, hörte einfach nur zu. Obwohl ich zugeben musste, ich verstand nur wenig von dem, was in seinen philosophischen Büchern stand. Er hatte schnell mitbekommen, dass ich eine Leseniete war, aber das blieb unter uns. Darüber fiel nie ein Wort. Er war halt ein Schamane.

»Interessierst du dich für Kunst?«, fragt Nickelbrille, die Schale in seiner Handfläche drehend.
»Ja«, sagte ich, »ab und zu zeichne ich ein bisschen. Aber das ist nichts gegen das da!« Ich zeigte auf das Schlangenwesen. Die lockere Art der Strichführung gefiel mir außerordentlich gut. Überhaupt war dieses selbstgetöpferte Zeug schöner als die Sammeltassen meiner Mutter.
»Wenn du Lust hast, kannste nächsten Mittwoch mitkommen«, sagte Nickelbrille, »Kunst und Lesung inner Schönfließer 21!«
»Ja, gern!«, sprudelte es euphorisch aus mir. »Und übrigens – deine Kolibri-Geschichte war super!«
Nickelbrille grinste: »Das is 'n kubanisches Märchen.«

Gurke saß zwischen Edmund und dem Sitarspieler. Die drei amüsierten sich offenbar köstlich. Gurke spielte Luftsitar, wahrscheinlich eine 18-saitige.
»Very good Wuing, Ding! Very good Wuing, Ding!«, rief Gurke.
Der Sitarspieler fiel immer wieder lachend rücklings in die Kissen.

MEPHISTO

Das Atelier roch so intensiv nach Ölfarbe wie unser Malerkeller, nur dass die Räume sich stark voneinander unterschieden. Ein beachtliches Zimmer mit großen Fenstern zur Schönhauser. Die U-Bahn zog eine Lichtspur über die Wände, als sie auf dem Viadukt vorbeidonnerte.
»Ich würd dich gern malen!«, sagte eine Stimme hinter mir. Erschrocken drehte ich mich um.
»Und dann würd ich dich gern fressen!«
Ein Mann, komplett in Schwarz, stand unmittelbar vor mir. Er fixierte mich aus eisblauen Augen.
»A...ha«, stotterte ich, »warum, äh ... denn gleich ... fressen?«
Der schwarze Mann umrundete mich langsam. Dabei betrachtete er mich wie ein Objekt aus dem Biologiekabinett. Er streckte seinen Arm aus und berührte mit den Fingern mein Gesicht, kniff seine Eis-Augen zu Sehschlitzen.
»Hey, Mephisto, der Junge gehört mir!« Susanne kam ins Atelier geeilt und schlang ihre Arme um meinen Hals. »Der ist nichts für dich!«

Der schwarze Mann bleckte die Zähne und fauchte. Ein Lächeln huschte über sein Gesicht.
»Das werden wir ja sehen!«, sagte er und küsste erst Susannes und dann meine Wange.
»Bis später, ihr Turteltäubchen!«
Die Erscheinung verschwand genauso schnell, wie sie gekommen war.
Ich schaute Susanne fragend an: »Mephisto?«
»Ein hervorragender Maler, aber Vorsicht, mein Lieber!«, sagte sie. »Komm, wir gehen zu den anderen rüber!«
Ich hielt sie fest und küsste ihren leuchtend roten Mund.
»Na, komm schon!«, flüsterte sie und zog mich Richtung Küche.
Der Raum hatte die Ausmaße eines Saales, jedenfalls im Vergleich zu der Küche meiner Mutter. Er erinnerte auch eher an ein Wohnzimmer mit Herd, Sofas, Tischen, Stühlen, Bergen von Büchern und einem Lesepult. Eine Treppenleiter führte auf eine zweite Ebene, davor stand ein Podest mit einer uralten Schreibmaschine. Ich erkannte Edmund, der am Herd werkelte. Neben ihm stand Mephisto, der auf ihn einredete und mich mit seinen Eis-Augen fixierte. Anscheinend wohnte der Maler mit dem Theatermann hier. Waren die ein Paar?
Gurke zappelte inmitten der Tanzenden. Schiebermütze tanzte auch, und zwar unglaublich gut. Die Musik floss wellenförmig durch seinen Oberkörper und zu seinen Füßen wieder raus. Susanne zog mich zu den anderen, und ich machte wieder den »Zitternden Aal«. Wir tanzten, aßen und tranken, bis es Morgen wurde.
Ich hatte mir überlegt, Susanne heimlich zu folgen, falls sie wieder unauffällig verschwinden wollte. Ich wusste nur noch nicht, ob ich es mit Brotkrumen versuchen sollte, die aus einem Loch ihrer Handtasche rieselten und mir den Weg wiesen, oder mit Pech auf der Hausflurtreppe, auf dem ihr Schuh festkleben würde. Den würde sie erst wiederkriegen, wenn sie mir verriet, wo sie wohnte. Im Märchen machte Aschenputtel auch Fehler. Ich verstand immer noch nicht, warum sie so ein Geheim-

nis um ihre Bude machte. Dieses plötzliche Auftauchen und wieder Verschwinden nervte mich langsam. Ich wollte doch einfach nur sehen, wie sie wohnt.

Gegen fünf kochte Schiebermütze in einem Messingtiegel arabischen Kaffee. Es duftete wie bei Großmutter in der Wohnstube. Aber es war auch noch ein Gewürz dabei, das ich nicht kannte.
»Ihr könnt euch oben ein bisschen hinhauen, wenn ihr wollt!«, sagte Schiebermütze und reichte Susanne und mir ein winziges Näpfchen mit schwarzem Kaffee. Es war ruhig geworden in der Wohnküche. Keith Jarrett spielte für uns sein Köln Concert. Susanne lehnte an meiner Schulter. Gurke lag mit einer Tänzerin auf dem Kanapee. Edmund und Mephisto waren verschwunden.
»Woll'n wir hochgehen?«, fragte ich Susanne.
»Ja, gern ...« Sie nahm mein Gesicht in ihre Hände. »Mein Jüngling!«
Wir küssten uns.
»Ich geh nur schnell ins Bad, mich ein bisschen frisch machen!« Mit diesen Worten verschwand Susanne.
Ich war so bekloppt, dass ich die Bad-Nummer glaubte. Nach einer halben Stunde war sie immer noch nicht zurück. Ich stolperte in den langen Flur und suchte das Klo. Als ich die Tür vorsichtig öffnete, sah ich Mephisto und Edmund in der Wanne sitzen.
»Komm ruhig rein«, lächelte Edmund mit selbstverständlicher Gelassenheit, »wenn du mal pinkeln musst, da ist das Klo!«
Die beiden saßen sich gegenüber, zwischen ihnen ein Brett, darauf ein Schachspiel und zwei Weingläser.
»Wir können auch ein bisschen zusammenrücken!«, strahlte mich Mephisto eisig an.
»Nee ... schön'n Dank ... auch!«, stammelte ich, »aber ... habt ihr Susanne gesehen?«
Mephisto machte ein nachdenkliches Gesicht.

»Ja, warte mal, hier«, er zeigte in die Wanne, zwischen seine Beine, »die taucht hier gleich wieder auf!«

Sie lachten lauthals los. Ich stand wie ein Vollidiot am Wannenrand und kapierte mal wieder gar nichts. Als ich türenknallend auf die Straße rannte, schlug mir der Dezember ins Gesicht. Über Nacht hatte es geschneit, doch die Temperaturen duldeten kein Weiß. Grauer Matsch sickerte in meine Stoffturnschuhe. Die Brandsohlen waren an beiden Schuhen durchgelatscht. Ich brauchte unbedingt ein Paar neue. Dummerweise hatte ich meinen Parka in der Wohnung vergessen, aber zurückgehen wollte ich auf keinen Fall. Wutschnaubend lief ich die Schönhauser hoch.

Warum machte Susanne das mit mir? War ich ihr kleiner dummer Junge, den sie rumschubsen konnte? Und Edmund saß mit diesem beknackten Mephisto in der Wanne und lachte mich aus. Für einen winzigen Moment hatte ich bei ihm das Gefühl verspürt, einen Vater zu haben. Einen Menschen, zu dem ich aufblicken konnte, der mich in seine Arme nahm und mir zuhörte.
Ein riesengroßer Haufen Scheiße war das alles! Nichts war echt! Alles gespielt! Es waren Gaukler und Ganoven, denen ich auf den Leim gegangen war!

Ich stolperte durch die Kastanienallee. Meine klitschnassen Turnschuhe durchpflügten den Schneematsch, und mein Wollpullover roch nach nassem Hund. Als ich völlig durchgefroren an Gurkes Souterrain-Keller ankam, hing da dieses beknackte Vorhängeschloss. Ich hatte natürlich keinen Schlüssel.
Am liebsten hätte ich jetzt losgeflennt, aber davon ging ja dieses beschissene Schloss auch nicht auf. Also war der Indianer meine letzte Chance.

Meine Füße spürte ich kaum noch. Der Schneegraupel war inzwischen in Regen übergegangen. Das passte genau zu meiner Verfassung. Mein Magen meldete sich mit einem nicht enden wollenden Krampf. Ich ging schlagartig in die Knie. Irgendwas rumorte in mir.
Die Soße lief mir schon aus der Ritze, bevor ich die nassen Hosen herruntergezogen hatte. Ich hockte zitternd am Weinbergsweg in einem Strauch und meine Eingeweide krempelten sich nach außen.
Winselnd kippte ich zur Seite in den Matsch. Die Kälte trieb mich hoch. Meine Zähne schlugen aufeinander, der nächste Magenkrampf zog mich zu Boden.
Irgendwie schaffte ich es dann doch noch bis in die Christburger auf die zerbrochenen Treppenstufen und kroch nach oben. Ich glaube, die Katzen haben miaut, denn der Indianer war sofort zur Stelle. Er schleppte mich in seine Bude. Ich war nur noch ein klapperndes Bündel Dreck.

Schamanengesänge erklangen und verstummten in der Dunkelheit. Ich zitterte und Sekunden später glühte ich. Dieses Wechselspiel lief in Endlosschleife.
Der Indianer zerrte mir die Sachen vom Leib und wickelte mich in eine Decke. Die Gesänge durchdrangen mich.
Die Hitzewallungen waren Feuergrube und der Schüttelfrost Schneegestöber. Diese beiden Häuptlinge durchbohrten mich abwechselnd mit ihren Speeren. Das Fieber stieg, der Indianer kühlte meine Waden. Ich nässte ein. Auch andere Körperflüssigkeiten verließen mich. Der Indianer wickelte mich aus, machte mich sauber und wickelte mich wieder ein. Zwischen der Wickelei stachen Feuergrube und Schneegestöber auf mich ein. Ich wälzte mich hin und her, die Knochen taten mir weh.

Ich winselte und heulte. Der Indianer wischte mir den Rotz von der Nase und strich mir die nassen Haarsträhnen aus dem Gesicht.

SCHÖNHA
PANTOMIME
LOVE

R ALLEE
MALERFÜRST

Ich sah einen riesigen Adler auf mich zufliegen. Er kreiste mit seinen großen Schwingen über mir. Frank hatte mir oft von ihm erzählt. Er holt die Seelen der Sterbenden und fliegt mit ihnen davon.
Flog er jetzt mit mir zu Frank? »Frank!«, wimmerte ich. Ich konnte ihn deutlich sehen. Der Indianer beugte sich über mich und kühlte meine Stirn. Ich griff seine Hände, dann fiel ich ins Nichts.

Als Erstes sah ich ein paar Kerzen schräg über mir auf einer Kiste und links an meiner Wange den schwarzen Kater Hegel. Dann bewegte ich meinen Hals nach rechts, da lag der Irokesenkopf. Er lag auf meiner Brust. Sein Gesicht auf meiner schweißbedeckten Haut. Sein Atem im Rhythmus, kalt, warm. Ich versuchte, mich aufzurichten.
Vergebens. In meinem Kopf ein heftiges Stechen. Ich versuchte, die Hände unter der Decke zu bewegen. Selbst das war eine Mammutaufgabe. Zu meinen Füßen lagen Katzen. Der Indianer erwachte auf meiner Hühnerbrust, er hob sein Irokesenhaupt.
»Wie fühlst 'n dich?«, fragte er mit Schamanenstimme und strich mir die klebrigen Haare aus der Stirn.
»Wie frisch ausgeschissen«, flüsterte ich. Selbst die Kraft zu sprechen war aus mir gewichen.
»Ick gloob, dit jeht langsam berguff mit dir!« , sagte er. »Rosa hat Hühnersuppe jekocht!«
Erst jetzt bemerkte ich, dass die schweigsame Rosa neben mir lag.

Ich schlürfte Suppe aus einer Tasse, die Rosa mir an den Mund hielt. Fiel zurück auf mein Lager und schlief. Wachte auf, aß, schlief, schlief, aß. Quälte mich hoch, pisste ins Ausgussbecken, rollte mich wieder zusammen, streckte mich und kam langsam wieder auf die Beine.
Seit meiner filmreifen Ankunft beim Indianer waren zwei Wochen vergangen. Ich hatte sieben Kilo abgenommen. Meine Arme ähnelten Spaghettis und meine Hose schlabberte am Arsch.

»Dit haste schnell wieder druff!«, stellte Iro fest.
Ich guckte in den kleinen Rasierspiegel über dem Ausguss und fühlte mich gut. Der Indianer verschwand im Zimmer.
»Achso«, rief er beiläufig, »hier war übrijens jemand für dich!«
»Hä, wer denn?«, fragte ich vom Ausguss.
»Naja ...«, er schaltete sein Tonband ein, »ick hab hier nen Zettel für dich!« Schreiende Gitarrenriffs setzten ein und Graf Zahl aus der Sesamstraße begann zu zählen.

WERTHER

Ich weiß, dass du sauer auf mich bist.
Ich verstehe, wenn du mich nicht mehr sehen willst. Ich musste so handeln.
Ich wollte dich nicht verletzen. Ich hatte große Angst um dich.

Vergiss mein nicht …

PS: Wenn Du willst – Freitag bei Edmund!

Ich hielt den Zettel in meiner Hand, lief in der Katzenküche auf und ab und las die Zeilen immer und immer wieder. Im ersten Moment wollte ich ihn gleich zerreißen. Was sollte das? Wieder eines ihrer Spielchen. Ich hatte mir die letzten Tage geschworen, keinen aus dieser Runde wiedersehen zu wollen. Nein, sagte ich mir, die wickeln mich nicht noch mal ein. Die sind für mich gestorben! Schluss! Aus!
Die Gitarrenriffs flogen durch die Küche. Graf Zahl schrie »achtundneunzig, neunundneunzig …!«. Hegel schlich um meine Beine und miaute.

»Komm mal her, mein Lebensretter!«, sagte ich und nahm ihn auf meinen Arm.

»Was soll ich jetzt machen?«, fragte ich ihn.

Seine Katzenaugen funkelten mich an. Er legte mir seine Samtpfoten ins Gesicht.

Ich ging mit dem schwarzen Kater zum Indianer rüber und lümmelte mich zu ihm aufs Matratzenlager.

»Kann ich dich mal was fragen?«, flüsterte ich dem Indianer ins Ohr. Er schaltete den Rekorder aus, und Graf Zahl verstummte.

»Na, dann schieß ma los!«

»Würdest du mich als gescheiterten Vollidioten sehen?«, fragte ich ihn. »Und ich meine das in Bezug auf das kleine Buch, das du mir gegeben hast.«

Der Indianer richtete sich auf und schaute mich staunend an.

»Oh«, brummte er, »du hast dit also jelesen!«

Ich nickte ihm zu, und sofort waren die Bilder von Edgar, der schönen Kindergärtnerin, ihrem Mann und *Old Werther* wieder in meinem Kopf. Was für eine Geschichte!

Ich hatte in der letzten Woche im abklingenden Fieberwahn das Büchlein aus meinem Hirschbeutel gekramt. Immer, wenn der Indianer zu seinem Filmvorführer-Job ins *International* aufbrach, zog ich das abgegriffene Bändchen unter der Matratze vor. Ich las eine Seite und legte das Buch auf meine schwitzende Brust, dann wieder eine Seite und wieder eine. Besser gesagt, meine dünnen Arme sanken spätestens nach einem Abschnitt auf meinen ausgemergelten Körper. Ich konnte es, obwohl das Buch gerade mal 111 Seiten hatte, nicht lange halten. Durch die Häppchen, die ich meinem fiebernden Hirn zuführte, drangen die Sätze langsam in mich ein und verwandelten sich in unglaublich präzise Bilder. Ich lag im Dunkel des Zimmers, neben mir ein paar Kerzen, das Buch in meinen schwitzenden Händen und an meiner Seite ein Bündel schnurrender Katzen.

Ich lachte, liebte und litt mit *Edgar* bis zur letzten Seite. Danach legte ich das Buch unter meine Matratze und schlief ein. Als der Indianer am nächsten Abend wieder in sein Kino aufbrach, zog ich *Edgar* unter der Matratze hervor und begann von vorn. Zeile für Zeile, Seite für Seite.
Ich las das Buch so lange, bis Edgars Leben und sein Sterben unauslöschlich in mir Platz genommen hatten. Ich lernte Charlie kennen – ihren Stolz, ihre Intelligenz. Versuchte, die Beziehung zu ihrem Verlobten zu deuten, die aufflammende Liebe zu Edgar und das Festhalten an Dieter. Ich malte mir ein Bild von Edgars Mutter, von Edgars Vater, der erst nach seinem Tod auftauchte. Ich blickte mit Erstaunen auf Zaremba, Addi Berliner und seinen alten Kumpel Willi. Alle durchzogen meine nächtlichen Fieberträume. Sie kamen in verschiedensten Konstellationen an mein Katzenlager, sprachen und stritten mit mir.

»Wenn de dit Buch jelesen hast, muss ick deine Frage nich beantworten!«, sagte der Indianer. »Und nu mach dich los! Und klär deine Sachen!« Ich wollte ansetzen, etwas zu sagen.
Er winkte gleich ab: »Ick hab heute meen Kino-Job und außerdem musste jetz jehn!«
Der Indianer hatte recht. Das war jetzt mein Ding. Da musste ich jetzt ganz alleine durch. Unglaublich, was er für mich getan hatte, ohne ein Wort darüber zu verlieren.

Ich schaute zu ihm auf. Er hatte wirklich nichts von Frank, ganz im Gegenteil. Ein lang gewachsener Kerl mit einer graubraunen Haut. Sein Körper war geschmeidig, sehnig ohne ein Gramm Fett. Seinen Iro stellte er jeden Tag aufs Neue auf. In der Katzenküche stand eine klebrige Schüssel mit Zuckerwasser, in die er seinen Haarlappen in einem akrobatischen Akt hineinhängte. Dann fuhr er mit seinen Händen immer wieder durch die Haarsträhnen, bis sie fast trocken waren. Die Nummer dauerte mindestens eine halbe Stunde.

SINN UND FORM
SICHERHEITS ZÜNDWAREN
CABIN

ATIONAL
RANG
echts
5
RANG
Rechts
2 3. Dez. 19 30
Die neuen Leiden
des jungen W.
CABERNE

Ich saß in meiner Genesungsphase dabei und bewunderte seine Ausdauer. Er trug eine erschreckende Ruhe in sich, ob beim Lesen oder beim Musikhören, und selbst beim Pissen konnte man ihn nicht aus der Fassung bringen. Er machte das Eine, und wenn er entschied, dass es genug war, kam das Nächste dran. Deshalb waren spontane Vorschläge von mir eher schwierig. Aber ich wollte mit ihm auch gar nicht um die Häuser ziehen. Ich fühlte mich unglaublich wohl in seiner Höhle. Mit den Katzen, dem Klavier, der schweigsamen Rosa und dem Ausguss-Pinkelbecken.

Ich hätte für immer hier bleiben wollen, aber ich merkte, dass es Zeit war weiterzuziehen.
Der Indianer hatte mich gesund gepflegt, seine Aufgabe war erfüllt. Er wandte sich der nächsten Sache zu. Er sagte es nicht, aber ich spürte es. Es war so wie mit Rosa. Sie tauchte auf, blieb eine Nacht und verschwand wieder. Ich tauchte donnerstags auf, blieb eine Nacht und verschwand wieder. Auftauchen und verschwinden. Diesen Rhythmus musste ich verstehen und für mich aufnehmen.
Der Indianer überreichte mir zum Abschied ein Paar Hosenträger. Sie gehörten eigentlich zu seiner Garderobe. Obwohl ich zugeben musste, ich brauchte sie jetzt dringender. Meine Hosen hingen mir in den Kniekehlen, und bei seinen staunte ich immer, wie er es überhaupt hinbekam, in diese seine zweite Haut zu schlüpfen.

»Nur 'ne Leihgabe«, sagte er, »und nu hau ab!«
Ich stiefelte die kaputte Treppe runter. Auf dem Hof lag eine dicke Schneedecke. Es roch nach Kohleofen. Die Luft war klar und kalt. Der Kastanienbaum schlief. Ein paar fette Spatzen saßen in seinen Ästen. Meine Klamotten waren eindeutig zu dünn, musste ich feststellen. Ich brauchte unbedingt mein Parka-Fell. Leider hing das noch in meinem Kinderzimmer.

Scheiße, dachte ich, meine Mutter!
Ich musste sofort zu ihr. Seit zwei Sonntagen war ich nicht mehr bei ihr gewesen. Und mein Lehrmeister sprang bestimmt auch im Quadrat.
Kaum hatte ich den Schutz der Höhle verlassen, prasselten die Probleme auf mich ein. Der Weg bis zur Schönhauser war beschwerlich. Ich musste zwischendurch immer wieder anhalten und verschnaufen. Die alte Kraft hatte noch nicht in meinen Körper zurückgefunden.

Als meine Mutter die Tür öffnete, schlug sie die Hände vors Gesicht.
»Ganz ruhig, Mutti, ich bin ja da!«, sagte ich wieder und wieder.
Wir standen im Türrahmen, und sie wollte mich nicht mehr loslassen. Sie weinte mir die Schulter nass. Die uralte Frau Papst, unsere Nachbarin, öffnete ihre Tür und trat zu uns.
»Junge«, sagte sie, »ich habe gebetet für dich, und er hat dich zurückgeschickt!«, dabei hob sie die Arme zum Treppenhauslicht.
Offensichtlich hatte meine Mutter das ganze Haus verrückt gemacht. Ich fühlte mich wie ein Kriegsheimkehrer.
Zu meinem Erstaunen kamen aber keine Vorwürfe über ihre Lippen, kein Fordern, in mein Kinderzimmermuseum zu ziehen. Sie heizte den Badeofen. Werkelte in der Küche. Schaltete das Radio ein und deckte den Tisch.
Ich lag bestimmt eine Stunde in der Wanne. Es war fantastisch! Die Wärme tat gut. Mutter klopfte zaghaft an die Tür.
»Das Essen steht auf dem Tisch!«, rief sie leise.
Ich kam in meinem alten Kinderbademantel in die Wohnstube. Die Ärmel reichten ungefähr bis zu den Ellenbogen. Ich hatte mir auch ihre Puschel-Hausschuhe an die Fußspitzen gesteckt. Sie lachte fröhlich.
»Hey, Junge, leier mir die nich aus!«, rief sie auf meine Plattfüße zeigend.
Wir lachten, bis das Essen aufgegessen war. Meine Mutter war wie ausgewechselt, und ich hoffte, dass es so bleiben würde.
»Es wäre schön«, sagte sie leise, »wenn du mir erzählst, was passiert ist.«

Dabei legte sie ihre Hand auf meine und blickte mich fest an. Sie hatte ein Recht, es zu erfahren. Das wusste ich, und in ihren Augen las ich es auch. Ich erzählte ihr ein bisschen, dann noch ein bisschen mehr. Einiges ließ ich aus, weil ich wusste, dass es nicht gut für sie war. Aber ich erzählte von Susanne, natürlich nicht von ihrem Alter und dass sie ein Kind hatte. Ich sagte, dass sie ein tolles Mädchen sei mit einem offenen Lachen und einem unglaublichen schauspielerischen Talent. Dann schwärmte ich ihr noch vom Theater vor, dass es erstaunlich wäre, ohne Worte so viel zu sagen. Zum Schluss sprach ich über Edmund; dass er ein sehr feinsinniger Mensch sei, dass er zuhören könne und Verständnis für mich hätte.

»Weißt du ...«, sagte ich und blickte meiner Mutter in ihre schönen blauen Augen, »so habe ich mir einen Vater immer vorgestellt.«

Ich staunte über mich – vor ein paar Stunden hatte ich beschlossen, keinen mehr wiedersehen zu wollen, und jetzt redete ich mit Engelszungen über sie. Aber es kam von Herzen, und dem konnte ich vertrauen.

Sie schaute mich die ganze Zeit über an. Sagte kein Wort. Ließ mich reden. Ich war mir sogar sicher, dass sie sich freute, endlich mal etwas von mir zu erfahren.

»Ich bin stolz auf dich, mein Junge«, antwortete sie, »und ich würde mich freuen, irgendwann mal diesen Edmund und auch Susanne kennenzulernen.«

Sie machte eine kleine Pause, durchdrang mich mit ihrem Blick.

»Du solltest aber nicht vor deinen Problemen davonlaufen!«

Sofort waren die Dezember-Bilder wieder in meinem Kopf. Die Schulzestraße mit der endlosen Grenzmauer und Frank mit seiner bekloppten Idee, per Räuberleiter in die Freiheit zu klettern.

Ich hatte meinen besten Freund wegen dieser Scheißnummer verloren! Da war es doch nur logisch, dass ich diesen verdammten Ort verlassen wollte.

PARTISANENLAGER

Am nächsten Morgen stand ich pünktlich um 6:30 Uhr in voller Malerkluft im Kellerverschlag an Bummis Tisch. Nachdem er den Entschuldigungsbrief meiner Mutter gelesen hatte, schaute er zu mir auf.

»Erst mal freue ich mich, Sie wieder in unseren Reihen zu begrüßen. Da Sie einiges verpasst haben, heißt das jetzt, doppelte Geschwindigkeit aufzunehmen!«

Bummi zog seine Augenbrauen bedeutungsschwer in die Höhe.

»In wenigen Tagen entscheidet sich, wer in die Restaurierung wechseln darf. Also, klotzen Sie ran!«

Die anderen Lehrlinge standen etwas betreten an ihren Spinden.

»Ach so, noch was, der Kollege Schikowski weilt nicht mehr unter uns!«

»Was ist denn mit ihm?«, japste ich fast ohne Stimme.

»Er kommt nicht mehr, und jetzt ab an die Arbeit!«

Als ich aus dem Malerkeller rannte, trotteten die anderen bereits weit vor mir.

»Ey, wartet mal!«, rief ich. »Was ist mit Gurke?«

Keiner wusste etwas, alle zuckten mit den Schultern. Selbst Kuhkopp, mit dem wir zum Feierabend immer wieder mal ein Sturzbier kippen gegangen waren, wollte nichts wissen. Er war einige Male im Probenraum aufgetaucht und hatte sich für Gurkes Band interessiert. Er wusste auch, dass ich bei Gurke wohnte.

Ich pinselte an meinem Heizkörper rum, und meine Gedanken fuhren Karussell. Was war passiert? Hatte Gurke sich mit Bummi angelegt, war in der Berufschule etwas vorgefallen oder war er einfach nicht mehr gekommen, weil ich nicht da war?
So eine Scheiße!, dachte ich.
Zum Mittag pflanzte ich mich neben Kuhkopp, der wie immer sein Essen in stoischer Ruhe malmte.
»Hey, du Wiederkäuer, jetzt rede!«, drängte ich.
Er schob sich die nächste Ladung zwischen die Kiefer, die langsam anfingen zu kreisen.

Die anderen glotzten zu uns rüber. Ich spürte, dass Kuhkopp doch etwas wusste. Kurz nach Mittag tauchte sein Riesenschädel hinter meinem Heizkörper auf.
»Da war 'n zwei Typen«, sagte Kuhkopp, »in Zivil!«
»Und«, forderte ich, »weiter?«
»Die ham so rumgefragt ... ob Schikowski so mit Westsachen ... rumjemacht hat.«
»Hää?!«, schrie ich jetzt. »Was soll'n der Scheiß?«
Kuhkopp stand auf und rückte ein Stück ab von mir.
»Schrei mich nich an!«, dann trottete er den Flur entlang.

Mann, was war das für ein riesengroßer Mist! Ich schaute auf die Uhr. Es waren noch zwei Stunden bis zum Feierabend. Was wollten die Zivilbullen hier? Was sollte diese dämliche Rumfragerei über Westsachen?

Gurke hatte keinen Krümel aus dem Westen. Das Zeug, was er trug, war der pure Osten, selbst die E-Klampfe war Made in GDR. Der ganze Keller war doch ein einziges kommunistisches Partisanenlager!
Als der kleine Zeiger die Vier und der Große die Zwölf berührte, rannte ich los. In voller Montur. Ich durchpflügte mit meinen Arbeitsschuhen den Schnee, bis ich am Bahnhof Rummelsburg ankam. In der S-Bahn blitze es kurz wieder auf – das Bild von der Erlöserkirche, an der ich gerade vorbeigerannt war. Gurke hatte mir von den Blues-Messen dort, den Punkkonzerten und von seinem Auftritt mit »Arschbanane« erzählt. Von den lächerlichen Stasitypen, die in ihren peinlichen Anoraks vorm Zaun der Kirche standen. Von den Ausweiskontrollen nach den Konzerten und dem Katz-und-Maus-Spiel.
Damit musste es zusammenhängen, dämmerte mir.

Am S-Bahnhof Schönhauser Allee flitzte ich die Treppen hoch, rutschte über die vereisten Gleise, sprang in die Straßenbahn, die kurz vor der Kastanienallee stoppte. Ich riss die eisige Tür auf und blickte Väterchen Frost ins Auge. Der Verkehr war zum Erliegen gekommen. Die Straßenbahnen standen still. Die Fahrer kratzten an zugefrorenen Weichen. Ich lief zu Fuß weiter, bis ich die Zionskirche erblickte. Mein Herz schlug. Ich verlangsamte meinen Schritt. Auf einmal hatte ich Angst. Schaute mich um. Beobachtete die Leute. Vielleicht war das eine Falle?

Eine Falle, fuhr es noch einmal durch meinen Kopf. Was für ein Quatsch! An der Kellertür hing immer noch das beschissene Schloss. Es hing genau so wie in meiner Gruselnacht. Dem Schneehaufen nach zu urteilen, der vor der Tür lag, konnte Gurke schon eine Weile nicht hier gewesen sein.
Im benachbarten Hauseingang tauchte ein dicker Mann mit seinem Mops auf. Er schlurfte vors Haus und drehte sich zu mir. Ich kannte den Dicken. Eines Nachts hatte er plötzlich in der Kellertür gestanden und

Jeden Tag
mit guter
Bilanz

gebrüllt, dass wir die Hottentottenmusik leiser machen sollen, sonst rufe er die Bullen. Tagsüber füllte er den Rahmen seines Erdgeschossfensters und grüßte jeden, der vorbeikam, mit einem lustigen Spruch. Gurke sagte zu mir, dass der Typ harmlos wäre und »voll een an der Waffel« hätte. Ich trat auf den Dicken zu.
»Hallo ...«, stotterte ich, »ham Sie ...« Weiter kam ich nicht, weil der dicke Mann mir ins Wort fiel.
»Flaschen, Gläser, Lumpen oder Altpapier?«, es war eher ein Singen, was über seine wulstigen Lippen kam. Der Dicke schien überhaupt nicht zu frieren.

Er stand in Unterhemd, Schlafanzughose und Latschen vor mir. Sein Mops hob das Bein und zeichnete einen gelben Kringel in den dreckigen Schnee.
»Fein jemacht!«, lobte der Dicke.
Im selben Moment sang er weiter auf mich ein: »Mein Name is Hase, ick weeß von nüscht! Links 'ne Pappel, rechts 'ne Pappel, inna Mitte 'n Pferdeappel! Einmal hin, einmal her, rundherum, dit is nich schwer ...«
Er drehte sich zweimal im Kreis und zerrte dann seinen Mops wieder in den Hausflur zurück. Die Tür knallte ins Schloss, und der Auftritt des Dicken war beendet.
Ich rieb mir die frierenden Hände und trat von einem Bein aufs andere. Der Dicke war also nicht der Schlüssel zu Gurke. Ich musste zu Edmund, da hatte ich ihn das letzte Mal gesehen. Allein der Gedanke, bei Edmund an die Tür zu klopfen, bereitete mir Unbehagen. Aber es ging hier nicht um mich und meinen Gefühlsscheiß.
Es fing wieder an zu schneien.

Die Duncker war wie ausgestorben. Der Schnee hatte alles zugedeckt. Die wenigen Autos hielten Winterschlaf. Ich stapfte in den Hinterhof und schaute in den dunklen Schneehimmel. Unterm Dach brannte

Licht. In Edmunds Küchenfenster standen Kerzen. Noch vier Tage, dann war Weihnachten. Vor drei Monaten war ich am S-Bahnhof Schönhauser Allee angekommen und zum ersten Mal in den Hinterhof gelaufen, die Treppe hochgestiegen und hatte Edmund die Hand geschüttelt. Mir kam es vor, als wären seitdem Jahre vergangen.

Ich klopfte an die Tür. Sehr zaghaft.

Vielleicht hoffte ich, Edmund würde mein zurückhaltendes Klopfen nicht hören und ich könnte leise die steile Treppe wieder runtersteigen. Aber die Tür öffnete sich sofort, als ob er die ganze Zeit dahinter gestanden und nur auf mich gewartet hätte. Er sagte wie immer erst mal nichts, drückte mich an seine Brust und zog mich in die Küche. Aufmerksam musterte er mein Gesicht und fuhr mir mit seiner warmen Hand über die Stirn.

»Hm«, sagte er, »schmal bist du geworden!«

Er machte Tee, und wir setzten uns an den winzigen Tisch, der direkt am Küchenfenster stand. Die Kerzen beleuchteten die schwitzenden Fensterscheiben. Wie immer hatte er herumexperimentiert und stellte mir eine dampfende Schale mit seltsamen Nudelgebilden hin.

»Hm«, brummte er und zeigte auf die sich windenden Würmer, »es ist etwas Asiatisches!«

Ich legte meine kalten Hände um die Schale und schlürfte die Suppe, spürte die Schärfe, die sie in meinem Hals hinterließ, und die aufsteigende Wärme. Fantastisch, wie Edmund das immer wieder hinkriegte, zum richtigen Zeitpunkt das richtige Essen parat zu haben.

Er saß mir gegenüber, und ohne zu fragen – als ob er wüsste, warum ich gekommen war –, fing er langsam an zu erzählen.

»Hm«, brummte er, »erinnerst du dich an den Sonntag, als du zu deiner Mutter musstest und Costa seine Sitar spielte?«

Ich nickte und schlürfte weiter meine Suppe.

»Dein Kumpel Gurke tauchte mit seiner E-Klampfe hier auf und lieferte sich mit Costa ein beeindruckendes Duell!«

Edmund nahm die Teekanne vom Stövchen und schenkte nach. Ich schaute auf meine Schale. Es war dieselbe, die Nickelbrille in seiner Hand gehalten hatte, als er mir von Naga erzählte. Ich blickte auf die Schlangenköpfe und dann zu Edmund.
»Und wie ging der Abend weiter?«, fragte ich und versuchte, meine Ungeduld zu kaschieren.
»Die beiden hatten sich gefunden, das stand fest!«, sagte Edmund und setzte sich wieder.
»Danach war natürlich dein Gurke umringt von den anderen. Costa lobte ihn, und die beiden hockten dann den gesamten Nachmittag zusammen. Sie brachen auch gemeinsam auf. Dein Freund wollte unbedingt Costa zum Grenzübergang bringen. Mir war das recht, ich fühlte mich an diesem Tag nicht besonders gut.«
Das Wort Grenzübergang löste in mir Panik aus. »Hast du ihn dann nochmal gesehen?«, rief ich. Die Schlangengöttin zitterte in meiner Hand und ich verschüttete etwas Tee.
»Ich meine, war Gurke noch mal hier?«
Edmund lehnte sich zurück.
»Nein, mein Junge, warum fragst du?«

Ich stellte meine Schale auf den Tisch, beugte mich zu Edmund. »Er ist verschwunden!« Danach erzählte ich ihm die ganze Misere. Von dem Rausschmiss in der Lehre, dem verschlossenen Keller mit dem Schneehaufen davor und von den Konzerten der Punkbands in der Erlöserkirche. Meine Stimme überschlug sich bei den letzten Sätzen, die aus mir herausflogen. Edmund nahm meine Hände und drückte sie leicht.
»Beruhige dich!« Er schob mich auf meinen Stuhl zurück und schaute fragend. »Du hast Angst, stimmt's?«
»Natürlich!«
»Das ist gut!«, sagte Edmund. »Um einen verschwundenen Freund sollte man sich Sorgen machen.«

Seine brummige Stimme beruhigte mich etwas.
»Du hast schon mal einen Freund verloren, stimmt's?«
Ich nickte und spürte, wie der Kloß in meinem Hals größer wurde.
»Dann erzähl mal!«
»Ich weiß ... nicht ... wo ich anfangen soll!«, stotterte ich. Edmund brummte sein »Hm?«. Es war ein nachdenkliches »Hm«.
Ein »Hm«, das mir signalisierte, dass ich den Anfang meiner Geschichte selbst bestimmen konnte.
»Ich, ich ... hab dir ja schon 'n bisschen von Frank erzählt«, sagte ich leise. Edmund nickte mir zu, ohne zu brummen.
»Ein Draufgängertyp, weißt du, ähnlich wie Gurke. Immer die Schnauze vorne. Schon im Kindergarten das Alphatier. In der Schule hat sich das nicht geändert. Er war der Macher und ich an seiner Seite, habe jeden Scheiß mitgemacht. Latsch und Bommel. Zwei unzertrennliche Halunken!«
Jetzt kam doch ein »Hm!« von Edmund, dieses Mal aber ein bestätigendes.
»Wir haben einen Haufen Scheiße gebaut, will ich sagen. Sind mit unseren Mopeds durch die Schulflure geheizt, haben einen uralten Traktor vom Kohlenplatz geklaut, Zahlboxen in Straßenbahnen geknackt. Naja, was man so macht als pflichtbewusste Schüler.«
»Hm, hm!«, machte Edmund erstaunt.
»Doch der Fakt, dass wir jeden Tag auf die beschissene Grenze glotzten, die direkt neben unsrer Schule verlief, kochte in uns hoch. Und dann war letzten Dezember eine Fete. Bei Fischkopp im Grenzgebiet. Ein Klassenkumpel, der ursprünglich von der Ostsee kam. Frank war lattenstramm. Er taumelte neben mir an der Grenzmauer entlang, bis er die Idee mit der Räuberleiter hatte. ›Ey, lass dein' alten Kameraden die Freiheit sehen!‹, lallte er. Ich hatte keine Chance, ihn davon abzubringen. Er auf meiner Schulter, dann auf der Mauer. ›Elfriede muss bewaffnet sein!!!‹, haben wir wie die Verrückten gebrüllt.«
Ich machte eine Pause, versuchte zu schlucken, doch meine Kehle war wie zugeschnürt.

»Und dann?«, fragte Edmund, ohne dass ich eine Regung in seinem Gesicht erkennen konnte.
»Dann ... dann fielen Schüsse.«
Edmund legte mir seine Hand auf die Schulter.
»Wirklich? Schüsse?«
Ich senkte den Blick. »Ja.«
Es donnerte wieder in meinen Ohren.
»Und du?«
»Bin gerannt! So lange, bis ich keine Puste mehr hatte.«
»Hm. Und Frank?«
»Ich ... ich weiß es nicht! Er ist weg. Die Stasi hat mich ausgequetscht. Aber ich hab alles abgestritten. Und dann waren seine Eltern auf einmal auch verschwunden. Einfach weg!«
Edmund setzte sich neben mich und legte mir seinen Arm um die Schulter. Ich fühlte in diesem Moment Erleichterung. Keinem hatte ich bis jetzt die ganze Geschichte erzählt. Selbst meiner Mutter nicht.
»Du darfst mit niemandem darüber reden! Ist dir das klar?«
Ich wischte mir mit dem Ärmel übers Gesicht.
»Ja ... ich weiß.«
»Aber deinen Gurke werden wir finden!«

Wir saßen bis spät in die Nacht und grübelten, bis Edmund sagte: »Hm ... du musst in den Spreewald fahren!«

Natürlich, dachte ich, seine Eltern würden bestimmt etwas wissen. Ich versuchte, mich an das Dorf zu erinnern. Gurke hatte mir von den Häusern erzählt, die mit einem Fuß im Wasser standen, von dem langen Kahn, der unmittelbar unter seiner Bude hin und her tänzelte. Von den pechschwarzen Nächten, dem unendlichen Sternenhimmel und dem Gesang des Schilfrohrs.

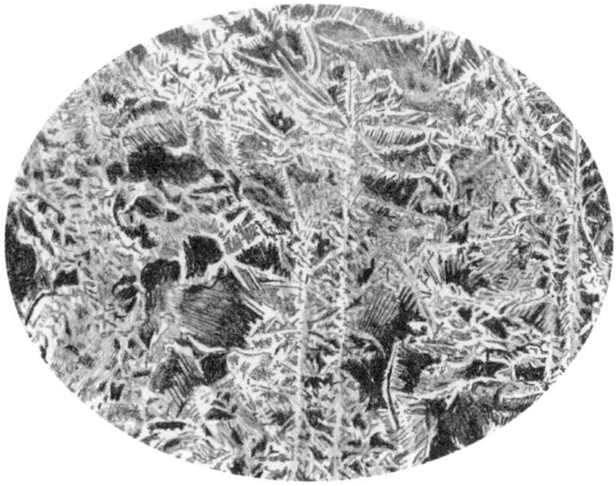

SCHNEEWEISSCHEN

Ich saß im Zug und blickte aus dem Fenster. Morgen war der 24. Dezember.

Wie Weihnachten fühlte sich das alles nicht an, obwohl der Schnee in dicken Flocken an den Scheiben des Abteils vorbeitanzte. Der Horizont war in der weißen Landschaft kaum auszumachen. Wann hatte ich eigentlich das letzte Mal Berlin verlassen?

Ich legte meine Stirn an die kalte Scheibe und ließ die Winterlandschaft in mich hineinfliegen.

Edmund hatte mir in der Nacht am Küchentisch wieder mal die Schlafnische in seiner winzigen Dunkelkammer angeboten. Ich freute mich, da sie mir so vertraut war. Bevor ich bei Gurke mein Matratzenlager in seinem Probenkeller aufschlug, hatte ich oft in der Kammer geschlafen. Als ich mich in der kleinen Höhle zusammenrollte, öffnete Edmund noch einmal die Tür. Er kniete sich zu mir und strich mir übers Gesicht. »Hm«, sagte er nachdenklich, »Susanne macht am 28. ein Fest bei mir. Sie würde sich bestimmt freuen, wenn du kommst.«

Edmund stand auf, und bevor er die Tür hinter sich schloss, sagte er noch:
»Du kannst so lange bleiben, wie du willst!«
Ich lag noch lange wach und starrte in die Dunkelheit der Kammer. Frank schwirrte in meinem Kopf herum, genauso wie Gurke und Susanne.

*

»Die Fahrkarten, bitte!«, sagte ein uniformierter Mann.
Ich hatte nicht mitbekommen, dass er in der Abteiltür stand. Nach kurzem Wühlen fand ich die Fahrkarte in meinem Hirschbeutel. Der Schaffner blickte streng auf den Papierabschnitt und schob ihn dann in seine Zange.
»Noch ungefähr 'ne Stunde bis Lübbenau«, sagte er und verschwand.
Die Abteile waren leergefegt. Die wenigen Reisenden hatten den Zug schon kurz hinter Berlin verlassen. Ich schaute wieder aus dem Fenster auf die Schneelandschaft. Hier lag wirklich der Hund begraben.
In Halbe standen drei traurige NVA-Soldaten auf dem Bahnsteig und kletterten in den Waggon. Kurz nachdem der Zug anruckte, flogen sie an meiner Tür vorbei. Es dauerte nicht lange, bis meine Abteiltür aufgerissen wurde und die drei roten Frostgesichter auftauchten.

»Ey, Alta, du bissss in Ornung!«, lallte der eine und pflanzte sich neben mich. Die anderen beiden waren nicht mehr imstande zu sprechen. Sie ließen sich auf die Sitzbank gegenüber fallen und waren nach wenigen Minuten eingeschlafen. Ihre Körper zuckten und ihre Lippen säuselten im Schlaf. Der Uniformmantel des einen war an der Hüfte aufgerissen. Ein paar Knöpfe fehlten und sein Knie blutete durch die Hose. Um ihre Stiefel bildete sich eine Pfütze im Abteil.
Der lallende Soldat hielt mir eine Schnapsflasche vors Gesicht.

»Hieeer, trinnk, Bruda ... aufff de Deusche Demoratsche Reboblig! Disss freisde Lann de Wellllt!«

Seit meinem Lehrbeginn hatte sich der unschöne Gedanke an die Nationale Volksarmee in mein Hirn gebohrt und sich dort eingenistet. In den ersten zwei Wochen der Lehre wurden wir über Wiesen, Wälder und die Sturmbahn gejagt. Das Ganze nannte sich »vormilitärische Ausbildung«. Wir steckten in einer beknackten Uniform und trugen Holzflinten. Ein Offizier schrie uns unentwegt an:

»Haltung, Genossen! Stellung, Genossen! Auf und nieder, Genossen!«

Es war ein kleiner Vorgeschmack auf den 18-monatigen Grundwehrdienst, an den ich nicht denken wollte.

»Wia sinn aufm Heimweg!«, lallte der Armist neben mir.

Ich griff die Schnapsflasche. »Auf Gurke!«, sagte ich und nahm einen kräftigen Schluck. In diesem Moment machte der Zug eine Vollbremsung. Ich flog in den Haufen schlafender Soldaten. Als ich mich aufrappelte, hörte ich Hundegebell und Stiefelabsätze, die durch den Gang des Waggons donnerten. Nach wenigen Sekunden stürzten Feldjäger ins Abteil und schlugen mit ihren Kalaschnikows auf die langsam zu sich kommenden Soldaten ein. Zwei Schäferhunde fletschten die Zähne und sprangen ins Geschehen.

Ich schrie und klammerte mich am Gepäcknetz fest. Einer der Hunde zerrte an meinem Hosenbein.

Genauso schnell, wie sie aufgetaucht waren, verschwanden die Feldjäger mit den taumelnden Soldaten aus dem Abteil. Ich zerrte das Schiebefenster herunter und steckte meinen Kopf in das Schneetreiben. Neben den Gleisen standen mehrere Militärjeeps.

Als sich die Räder des Zuges langsam wieder in Bewegung setzten, sah ich eine feine Blutspur im weißen Pulverschnee. Bis Lübbenau saß ich wie versteinert auf meiner Bank.

Was ist das für eine beschissene Gewalt?, dachte ich.

DR

club
cola
DR
R

Wie konnte es sein, dass Soldaten der NVA auf ihre Kameraden einschlugen und sie in Handschellen davonzerrten? Ein paar betrunkene Gestalten, die Weihnachten zu Hause verbringen wollten, wurden wie Verbrecher gejagt. Ich dachte an Gurke. Daran, dass er verschwunden war und keiner etwas von ihm wusste. Vielleicht saß er jetzt in einem stinkenden Kellerloch in der Keibelstraße. Im Polizeiknast, den ich glücklicherweise nur von außen kannte.

In Lübbenau beleuchteten nur wenige Gaslaternen die weiße Kleinstadtlandschaft. Der Schnee fiel immer noch in dichten Flocken. Die alten Häuser, Straßen und Autos lagen unter einer dicken Zuckerschicht. Ich fühlte mich wie in einem Märchen, auf der Suche nach dem singenden klingenden Bäumchen und Gurke im Bärenkostüm.

In einem Zigarettenladen fragte ich die Verkäuferin nach dem Weg. Ich verstand so gut wie nichts. Offenbar musste ich einen so bekloppten Gesichtsausdruck gemacht haben, dass sie mit mir vor die Tür trat und in die dunkle Schneelandschaft zeigte.
Irgendetwas von Hafen und Holzgraben, Kaupen und Neuem Fließ sagte sie, und Westen, immer Richtung Westen.
Der Ort verschwand im weißen Nichts. Ich lief durchs Spreewälder Gurkenparadies, das im Winterschlaf vor meinen durchnässten Kletterschuhen lag. Der Wind jaulte mir um die Ohren. Ich zog die Kapuze dicht über die Stirn, zerrte mir den Schal über den Mund. Meine Hände steckten tief in den Parkataschen. Ich fühlte den Zettel mit Gurkes Adresse in meiner linken und ballte die Faust in der rechten Tasche.

*

Fremd bin ich eingezogen,
Fremd zieh ich wieder aus.
Der Mai war mir gewogen,
Mit manchem Blumenstrauß.
Das Mädchen sprach von Liebe,
Die Mutter gar von Eh',
Nun ist die Welt so trübe,
Der Weg gehüllt in Schnee ...

Schuberts Winterreise kreiste auf dem *Zifonia Türkis* in der Schönfließer 21. Nickelbrille hatte mich in die Wohnküche einer Künstlerin mitgenommen. Er küsste sie überschwänglich und zeigte dann auf mich.
»Der will deine Teetassen bemalen!«
Sie lachte mich mit ihren großen braunen Augen an.
»Na, dann zeige ich dir mal meine Werkstatt«, sagte sie und reichte mir ihre Hand. Mir war das Ganze ziemlich peinlich. Was fiel Nickelbrille ein, so einen Quatsch zu reden? Ich hatte mit keiner Silbe erwähnt, Keramik bemalen zu wollen. Geschweige denn, die Töpfertassen mit meinen ungeschickten Strichen zu versauen. Aber die Frau im Wallekleid zog mich energisch in den benachbarten Raum. Nickelbrille ließ sich aufs Sofa fallen und lauschte der Musik.
An den Wänden waren Ziegelsteine gestapelt, die rohe Bretter in Regalform brachten. Darauf lagerten Schalen und Tassen mit irren Bemalungen. Vasen und Kannen standen auf Abtropfgittern, Tierköpfe starrten aus Nischen, und menschlich anmutende Wesen lagen unter Plastikfolien. Überall klebten Reste roten Tons, und Farbnasen suchten sich ihren Weg von Tischen und Stühlen.
»Hier!«, sagte sie.
Ich zuckte zusammen. Walle-Kleid stand direkt hinter mir und strahlte mich mit ihren Kastanienaugen an. Sie hielt Werkzeug in ihren Händen.
»Da kannst du dich ausprobieren!«

»Nee, lass ma, so was hab ich noch nie gemacht!«
Sie drückte mir Farbe und Pinsel in die Hand.
»Da, setz dich hin!«
Sie zeigte mit Bestimmtheit auf einen Hocker. Ich folgte, hockte mich hin, griff eine Schale und zog die ersten Linien auf den rauen Ton.
Eine halbe Stunde war vielleicht vergangen, als ich mich umblickte. Walle-Kleid war verschwunden. Aus dem Nachbarraum waren Stimmen zu hören. Ich starrte auf die Schale in meiner Hand. Figurenschlangen wanden sich unelegant auf rotem Grund. So ein Scheiß, dachte ich und schob das Werkstück unter den Tisch.
Ich schlich zur angelehnten Tür und blickte durch einen Spalt in die Wohnküche, die voller Bartträger und Brillengesichter war. Ein Glatzkopf bellte Worte in den Raum. Die Zuhörer folgten dem Vortragenden mit Kopfnicken und Zigarettenrauch.
Ich verstand mal wieder gar nichts. Als mein Blick auf Susanne traf, musste ich mein Erstaunen wohl mit einem Urlaut verbunden haben, denn alle Augen richteten sich auf mich. Ich stand reglos in der Tür und glotzte auf Susanne.
»Tschuldigung!«, stotterte ich und umkreiste mit hochrotem Kopf die Runde, bis ich bei Susanne ankam. Der Glatzkopf fing wieder an zu bellen und ich war aus der Manege.
Nach einer gefühlten Ewigkeit verstummten seine Kehllaute. Wenn es nach mir gegangen wäre, hätte er die ganze Nacht weitermachen können. Susannes Kopf lag an meiner Schulter und ihre Hände in meinen.

Die Runde erwachte aus ihrer Lethargie und begann, heftig zu diskutieren.
»Komm!«, Susanne zog mich mit sich.
Wir liefen durch den Nebel der Debatte, vorbei an glimmenden Zigaretten und *Feuertanz*-Gläsern. Im Flur kletterten wir auf eine Zwischenebene mit Kissenlandschaft. Ich robbte dicht an sie heran und drückte

mein Gesicht an ihres. Um uns war es stockdunkel. Ich spürte ihre Brüste dicht an meinem Körper und ihre Lippen, die auf meinen lagen. Ungelenk zerrte ich an ihrer Jeans.

»Langsam«, flüsterte sie, »wir haben Zeit.«

Ich war kurz vorm Vulkanausbruch, und Susanne raunte mir etwas von Unendlichkeit zu! Das Gewitter entlud sich relativ schnell. Wir lagen ineinander verknotet, und ich versuchte mit meiner freiliegenden Hand Susannes Körperlandschaft zu erkunden.

Zwei Entdecker-Finger liefen über das Hochplateau ihrer Hüften.

Humboldt und Bonpland erreichten eine haarige Erhebung oberhalb einer Felsspalte. Nach einigen Bemühungen drangen sie in eine zauberhafte Höhle unterhalb des Bergmassives an der Peripherie ihrer Schenkel ein.

SPREEWALDGURKEN

Zuerst tauchte in der dunklen Schneelandschaft eine Gestalt auf, dann ein altes Haus. Die Gestalt rotierte vor dem Eingang zur Behausung mit einer Schaufel. Es war ein sinnloses Unterfangen, da der Schnee immer noch in dichten Wolken vom schwarzen Himmel fiel. Mein Herz hüpfte aber vor Freude, da ich seit über einer Stunde durch eine menschenlose Landschaft geirrt war. Als ich die Gestalt ansprach, hätte beinahe die Schaufel meinen vermummten Kopf getroffen. Sie pfiff um Haaresbreite an mir vorbei.

»Na, du kannst ja een erschreck'n!«, rief das Schaufeltier unter der Pelerine hervor. Ich musste anscheinend genauso bedrohlich aussehen wie der »Ewige aus dem Eis«.

»Schikowski«, fragte ich, »bin ich hier richtig bei Familie Schikowski?«

Die Gestalt betrachtete mich eine Weile.

»Hat dich dit Christkind oda die Stasi jeschickt?«

Ich trat auf sie zu.

Ihre Gesichtszüge formten sich mütterlich. Das war Gurkes Mutter. Ich erkannte es an dem langen Gurken-Gesicht.
»Ich bin ein Freund Ihres Sohnes«, murmelte ich durch den dicken Schnee, »und extra von Berlin gekommen!«
Sie ließ die Schaufel langsam sinken und drehte sich zum Haus.
»Na dann, komm ma rin!«, sagte sie und stapfte zur Tür.
Ich folgte ihr, als Schneemann verkleidet, in den Flur.
»Runter mit die nassen Klamotten!«, kommandierte sie. »Und da ausklopp'n und hinhäng'n!«
Auf jeden Fall hatte sie den gleichen Humor wie Gurke.
Ich kloppte aus und hängte hin, bekam ein paar warme Filzlatschen und stolperte hinter ihr her in die gut beheizte Küche.
»Na, du hast ja Traute, hier bei dit Schneechaos uffzukreuz'n!«
Sie fing sofort an, in der Küche zu werkeln. Schob eine Pfanne auf den Herd, schnipselte Kartoffeln und würfelte Speck. Nach einigen Minuten duftete es. Mein Magen meldete sich mit einem wohlwollenden Knurren. Ich umklammerte die dampfende Tasse Kräutertee. Sie wendete die Bratkartoffeln: »Nu erzähl ma, warum de hier bist!«
Ich erzählte ihr von der Lehre, von meinem Freund Gurke, der mich bereitwillig in seinem Probenkeller aufgenommen hatte. Von der MUSIMA, die sich anhörte wie eine Stratocaster, von den Blues-Messen, »Arschbanane« und natürlich von Costa und den Sitarklängen, die Gurke so beeindruckt hatten.
Dabei schaufelte ich immer mal wieder eine Ladung Bratkartoffeln mit Senfgurken in mich rein. Kaute und erzählte weiter. Natürlich auch von unserem Auftritt im FDJ-Zentralrat und dem Foto im *Neuen Deutschland* mit Gurke und dem Chilenen. Ich erzählte von dem Vorhängeschloss an der Tür und der Zionskirche, von der Angst, die ich hatte, weil Gurke verschwunden war.
»Venceremos!«, sagte ich, als der Teller leer war.
Ich sagte es für Gurke, weil er es immer gerufen hatte. Jeden Tag!

Gurkes Mutter setzte sich zu mir und schaute mich an. Es war ein mütterlicher Blick, mit aller Herzensgüte und Sorge. Sie legte ihre zerfurchte Hand an meine Wange:
»Bist 'n juta Junge! Morgen fah'n wa beede hin!«

Ich lag unter einer dicken Federbettdecke und blickte auf die Eisblumen am Fenster. Kurz nachdem ich unter die frostige Decke gekrochen war, trat Gurkes Mutter in die Kammer und schob einen dampfenden Ziegelstein zu mir unter die Bettdecke.
»Kalte Nase is jut, aba warme Beene sind bessa!«, sagte sie und verschwand.

Sie hatte von der Vorladung der Polizei erzählt. Den Vernehmungen des Jugendrichters. Von dem Wiedersehen mit ihrem Sohn, der sehr still gewesen war. Sie sprach von den Stahltoren, dem Stacheldraht und von dem kahlen Kopf, den sie ihm rasiert hatten. »Angriff auf die Staatsgewalt«, lautete die Anklage. Nach einem Punkkonzert war es vor der Erlöserkirche zum Handgemenge gekommen. Gurke hatte angeblich einem Stasitypen einen Kopfstoß verpasst.
Beim Erzählen blickte sie mir tief in die Augen. Sie weinte nicht. Aber ihre Augen verrieten mir die endlose Angst einer Mutter um ihren Sohn. Gurkes Vater lag mit seinem zweiten Herzinfarkt im Krankenhaus und wusste von all dem nichts. Das war auch gut so, sonst wäre er gleich gestorben.
Am Morgen des 24. Dezember machten wir uns früh auf den Weg. Es hatte aufgehört zu schneien, und eine eisklare Winterlandschaft lag in Azur und Schneeweiß vor uns. Das Thermometer war auf minus zehn Grad gerutscht.
Gurkes Mutter stapfte mit Entschlossenheit voran. Sie hatte mir ein paar Winterstiefel ihres Mannes verpasst. Ich fühlte mich wie ihr frisch geschlüpftes Pinguin-Junges.

Wir fuhren von Lübbenau nach Calau und warteten auf einem verlassenen Bahnsteig vergebens auf unseren Anschlusszug aus Cottbus, der irgendwo auf der vereisten Strecke im Niemandsland vor sich hin rostete. Nach drei frostigen Stunden bestiegen wir endlich einen klapprigen Ikarus-Bus, der sich bis Finsterwalde durch den Schnee fräste. Von dort ging es mit etlichen Unterbrechungen in einem Bummelzug über Doberlug-Kirchheim nach Torgau. Wir stapften schweigend über eine endlose Brücke. Die Elbe war unter den Eisschollen, die sich im Eismeer übereinander geschoben hatten, kaum auszumachen. Um 15:30 Uhr wurden Gurkes Mutter und ich durch Gitterschleusen in den Speisesaal des Jugendwerkhofs Torgau geführt, der hinter uns verriegelt wurde. Nach einer halben Stunde öffnete sich die Tür, und ein mir unbekannter Jugendlicher trat ins Neonlicht. Es war Gurke, nicht der, den ich kannte, aber er stand aus Fleisch und Blut vor uns. Seine Mutter hielt ihn lange im Arm, bevor ich an der Reihe war.
»Mensch, Alta«, sagte ich, »urst geil, dich zu sehen!«
Ich schlang meine Arme um seine schmalen Schultern. Er bewegte sich kaum. Ich ließ ihn los und blickte ihn an.

»Hey, Grüße von Edmund und Costa! Wuing ... Ding ... Wuing ... Ding!«, machte ich und sprang um ihn herum.
»Hinsetzten!«, blaffte der Wachmann, der an der Tür saß und uns argwöhnisch beobachtete.
Gurke setzte sich zu seiner Mutter und schaute in die Tasche, die sie ihm mitgebracht hatte.
»Danke, Mudda«, sagte er matt, »aber Jeschenke sind hier vaboten! Wie jeht's'n Vadda?«
Gurkes Mutter strich ihm über den rasierten Schädel.
»Meen Junge, er wird's schon schaffen!«
Wir saßen schweigend beieinander, bis der unangenehme Typ die Tür aufschloss und uns aufforderte, den Speisesaal zu verlassen. Er bellte,

dass die Besuchszeit beendet wäre. Gurke drückte mich kurz. Ich hatte das Gefühl, meinen alten Freund in den Armen zu halten.
»Wir seh'n uns bald, Alta!«, hauchte er mir ins Ohr und verschwand in seiner Anstaltskleidung hinter zuschlagenden Gittertüren.
Als ich mit seiner Mutter wieder vor dem verschlossenen Stahltor des Jugendwerkhofes stand, schmeckte ich die salzigen Tränen, die mir unentwegt übers Gesicht liefen.
Kurz vor Mitternacht rollte der Reichsbahnzug aus Karl-Marx-Stadt in den Ostbahnhof und sprühte Funken. Ich kletterte aus dem menschenleeren Abteil und machte mich mit einer riesigen Dose Spreewaldgurken auf den Weg, quer durch die Nacht.
Die Reste des Heiligen Abends vor meinen neuen Stiefeln stolperte ich los. Der Schnee hatte das Grau der Stadt zugedeckt, und in den Fenstern glitzerten Kerzen und Lametta. Ich lief durch das Weiß und saugte die Winterluft in meine Lunge. Am Weihnachtsmarkt war Totentanz. An der Jannowitzbrücke torkelte ein einsamer Engel an mir vorbei. Der Alex lag still und schweigend vor mir. Ich passierte das *Centrum*-Warenhaus und stapfte an der Markthalle und den S-Bahn-Bögen entlang. Nach all der Zugfahrerei wollte ich nur noch laufen. Ich musste mich bewegen. Ich brauchte Luft.
Immer wieder rannte ich. Rannte so lange, bis mir die Puste ausging. Es war eine verzweifelte Flucht vor den Bildern des Jugendwerkhofes und Gurke ...
Ich schreckte hoch und blickte in die Dunkelheit der Zelle. Nach einigen Minuten zeichneten sich Umrisse vor meinen aufgerissenen Augen ab. Zu meiner Erleichterung war es Edmunds Dunkelkammer, in der ich lag. Ich atmete auf, tastete mich an den Wänden entlang und fühlte die Fotoschalen und Entwicklerdosen. In der Küche setzte ich mich ans Fenster und zündete eine Kerze an.
Ich hatte wirres Zeug geträumt. Von Gittertüren, die hinter mir zuschlugen, von Kommandos, die gebrüllt wurden, und Stiefelabsätzen, die auf

meine Hände traten. Edmunds gleichmäßiges Schnarchen drang in die Küche und gab mir etwas Zuversicht. In wenigen Stunden waren wir zum Gänsebraten bei meiner Mutter eingeladen. Ich hatte Edmund angefleht mitzukommen. Ein Wunsch, der mir jetzt absurd vorkam.
Ich stellte mir vor, wie wir vor der Wohnungstür stehen und meine ordnungsbesessene Mutter auf das Schild »Haxen abkratzen« verweist. Ich sah Edmund in der dekorierten Wohnstube zwischen Plüschkissen und Stofftieren sitzen, hinter ihm der röhrende Hirsch und vor ihm die handgeklöppelte Tischdecke mit Untersetzern, Platzdeckchen und Tropfenfängern.
Sollte ich das Ganze jetzt absagen und mit gesenktem Haupt alleine losziehen? Wahrscheinlich wäre es so gelaufen, aber nach dem gestrigen Erlebnis hatte sich in meinem Kopf einiges geklärt. Ich wollte keine Kompromisse mehr. Ich musste meine Zähne auseinanderkriegen und Stellung beziehen.
Edmund ging es mit dem Besuch bei meiner Mutter ähnlich wie mir.
Er druckste beim Frühstück herum. Verschüttete Tee und war unbrauchbar.
Ich nahm seine Hände und blickte in sein Rauschebart-Gesicht.
»Hey«, sagte ich, »wir fahren zu meiner Mutter und nicht zum Henker!«
Die S-Bahn donnerte fahrtaufnehmend durch den Todesstreifen. Die wenigen Fahrgäste guckten schweigend aus dem Fenster. Wachtürme, Stacheldraht und Grenzpatrouillen vermittelten nicht unbedingt Weihnachtsstimmung.
Am S-Bahnhof Pankow stiegen wir die Treppe runter und stapften durch festgefrorenen Schnee.

Ich hatte bis jetzt niemanden in meine Kindheit entführt. Edmund war der Erste, dem ich meine Roller-Rennstrecken zeigte. Er war etwas aufgetaut und kommentierte meine Geschichten immer mal wieder mit seinem »Hm!«.

Meine Mutter hatte sich mächtig herausgeputzt. Sie öffnete die Wohnungstür in einem auffälligen Abendkleid. Wir durften in den Weihnachtskalender ihrer Behausung eintreten. Was ich als Kind so geliebt hatte, erschien mir jetzt vollkommen überfrachtet. In jedem Winkel der Wohnung glitzerte Weihnachtsdeko.
Sie schüttelte Edmunds Hand und fiel mir dann um den Hals.
»Willkommen«, sagte sie, »und immer rein in die gute Stube!«
Als sie mit geschickten Händen die Weihnachtsgans tranchierte, zauberte Edmund seine Querflöte aus der Tasche. Er war vom Tisch aufgestanden und brummte:
»Bereite dich, Zion!«
Er setzte die Flöte an seine im Rauschebart versteckten Lippen und begann zu spielen. Meine Mutter sackte aufs Sofa und kicherte. Als Edmund mit dem kurzen Stück aus dem Weihnachtsoratorium endete, klatschte meine Mutter euphorisch. »Sie sind der Messias!«, rief sie.
Edmund verbeugte sich mit einem Lächeln. Danach war das Eis gebrochen. Bis zum Abend amüsierten wir uns in der Stube. Mutter servierte ihren polnischen Spezialkuchen, den sie in einer Form im Wasserbad bereitete, kramte alte Fotos aus der Schrankwand und erzählte meine Kindergartenabenteuer. Kurz bevor wir aufbrachen, setzte meine Mutter zum gezielten Schlag an. Sie fragte, ob Edmund eine Frau habe.
Er sei doch ein attraktiver Mann, und Kinder würden unsere Welt bereichern.
»Mutti!«, sagte ich harsch. »Was soll das?«
Aber sie ließ nicht locker, ihr Mutterinstinkt hatte Witterung aufgenommen. Sie nagelte Edmund mit ihrem Blick fest und wartete auf eine Antwort.
»Hm«, sagte Edmund, »wenn Sie's unbedingt wissen wollen ...«
Mutter starrte ihn an. »Ja, unbedingt!«
Edmund brummte nochmals sein »Hm« und sagte dann: »Ich bin schwul. Beantwortet das Ihre Frage?«

Teil 2

SEPTEMBERSONNE

Der Spätsommer zog lange Fäden. Ich lief neben Mephisto durch den Wald. Ab und zu blickte ich zu ihm rüber. Mit energischem Schritt lief er über das Moos. Kurz bevor wir den See erreichten, drehte er sich zu mir.

»Du musst nochmal neu ansetzen!«, sagte er und schaute mich mit seinen eisblauen Augen an.
»Dein Strich ist zu verkrampft! Ungelenk kann er sein, aber locker muss er dir von der Hand gehen! Verstehst du?«
Ich nickte. Mir war hundeelend. Am liebsten wollte ich alles hinschmeißen, die Zeichnungen zerreißen und in den Ofen stecken. Seit einem halben Jahr drückte ich mich in Mephistos Atelier herum.
Die Abmachung lautete: einen Nachmittag war ich sein Modell, am anderen durfte ich zeichnen. Er sagte selten etwas, aber seine Korrekturen fielen für mich meist ernüchternd aus. Trotz meiner Bemühungen stümperte ich, so sein Urteil, herum. Ich konnte die Stifte aber nicht beiseitelegen. Es war wie eine Sucht. Ich hatte damit angefangen und

trug das kleine Buch, in dem ich ständig rumkritzelte, immer in meinem Hirschbeutel bei mir. Wenn ich bei Edmund, dem Indianer oder bei Mephisto war, kramte ich es heraus und fing an zu zeichnen.

Seit zwei Wochen absolvierte ich nun das zweite Lehrjahr und hatte den Sprung in die Restaurierung geschafft. Obwohl mir die handwerkliche Arbeit gefiel, wollte ich lieber in meinem Skizzenbuch festhalten, was mir der Alltag bot, als Ornamente auf Pergament zu zeichnen oder Anlege-Öl auf Vergoldungsflächen zu pinseln.
»Das sind Grundlagen, die sind wichtig!«, sagte Mephisto. Er hörte sich schon an wie mein Lehrmeister.
Am See wartete Edmund auf uns. Er hatte eine Decke ausgebreitet und verschiedene Schalen auf ihrem üppigen Muster verteilt.
»Hm«, brummte er und nahm mich in seine Arme, »herzlichen Glückwunsch zum 18., mein Junge!«
Wir hielten uns umarmt, und ich hatte das Gefühl, die Zeit sei stehengeblieben. Edmunds Essenskreationen lösten meine Missstimmung schon beim ersten Bissen. Ich hockte auf der Decke und probierte mich durch die Schalen. »Wahnsinn, wie du das immer machst!«, sagte ich begeistert und piekte mir ein paar Oliven auf die Gabel.

»Die sind übrigens von Costa! Herzliche Grüße aus dem sonnigen Griechenland!«, sagte Edmund mit einem komischen Unterton. Mephisto drehte sich zu mir. »Ich hab auch was für dich!«
Seine Eisaugen funkelten mich an.
Mit einer magischen Bewegung zauberte er eine Schale hinter seinem Rücken hervor und hielt sie mir unter die Nase.
»Habe ich bei einer Freundin in ihrer Keramikwerkstatt entdeckt!«
Ich blickte geschockt auf die Figurengruppe in rotem Ton.
»Ganz passabel die Zeichnung, oder?«, Mephisto grinste mich an. »Etwas ungelenk, aber mit lockerem Strich!«

Sein Scharfsinn war erschütternd. Wie hatte er dieses Teil entdeckt und dann auch noch mit mir in Zusammenhang gebracht? Wahrscheinlich fiel meine stümperhafte Bemalung zwischen den anderen Töpfen und Tellern auf.

»Ich wollte die Schale zuerst für mich mitnehmen, aber ein Künstler sollte sein erstes Kunstwerk behalten. Denn es ist der Anfang eines langen Weges.«

Er beugte sich vor und küsste mich auf die Wange, so wie bei unserer ersten Begegnung.

»Und wenn es an der Zeit ist, fresse ich dich!«, fauchte er.

Ich lachte und zeigte auf Edmund. »Aber nur von ihm zubereitet und aus dieser Schale!«

Edmund stieg auf unser Lachen nicht ein. Er machte ein nachdenkliches Gesicht.

»Hm«, brummte er, »ich muss dir noch was sagen.«

Ich hoffte, dass er jetzt damit ankam, dass die halbe Theatertruppe noch aufkreuzen würde. Aber es war etwas anderes. Etwas, was mir den Boden unter den Füßen wegzog. Was zu einem unendlich großen Kloß in meinem Hals wuchs. Seine Mitteilung war so endgültig wie der Verlust Franks.

Die deutsch-deutsche-Grausamkeit traf mich mit einem eiskalten Schlag an meinem 18. Geburtstag. Das Wasser des Brandenburger Sees, an dem wir saßen, glitzerte unschuldig in der Septembersonne. Die Kiefern wiegten ihre Kronen majestätisch, und die Marienseide flimmerte märchenhaft.

»Warum«, fragte ich immer wieder, »warum willst du weg?«

Edmund hielt mich bei den Schultern.

»Versteh doch ...!«, brummte er.

Mir schoss das Wasser in die Augen. Ich schlug seine Hände von meinen Schultern und rannte los. Warum war dieses beschissene Leben so ungerecht? Ich hatte einen Menschen gefunden, dem ich mein Herz öffnen konnte, und nun wurde es mir mit aller Gewalt herausgerissen.

Die Kiefernstämme standen festgewurzelt vor mir. Sie bogen sich tagein, tagaus an diesem friedlichen Ort, den sie nie verließen. Ich lief orientierungslos zwischen ihnen durchs Unterholz, bis der Abend dämmerte.

Als ich nach einer endlosen S-Bahnfahrt den Bahnhof verließ, die Schönhauser runterstolperte und ziellos die Duncker langtrottete, kam mir zu allem Übel auch noch Susanne mit dem kleinen Tim entgegen. Ich wischte mir mit dem Ärmel übers Gesicht. Wir hatten uns über ein halbes Jahr nicht mehr gesehen.

*

Es war der 28. Dezember letzten Jahres gewesen, als ich zur Klärung eines Sachverhalts bei den Bullen anrücken musste. Ich hockte in einem kargen Raum, und ein Stasityp in Zivil umkreiste mich mit laut klappernden Absätzen. Der Typ betete mir bis ins kleinste Detail meine Prenzlauer-Berg-Streifzüge vor. Jeder Einzelne – Gurke, Edmund, Susanne – tauchte in seinen Ausführungen auf. Ich würde doch wissen, mit wem ich da verkehren würde, oder?
Erst machte der Typ auf verständnisvollen Vater, aber als er merkte, dass ich dicht machte, kam die Angstmach-Nummer.
»Sie kennen ja den Jugendwerkhof Torgau, richtig? Der ist für Jugendliche vorgesehen, die sich nicht an unsere sozialistischen Regeln halten! Haben Sie das verstanden?« Der Stasimann schlug mit der flachen Hand auf den Tisch. Ich zuckte zusammen ...

Susanne feierte an diesem Abend bei Edmund das »Fest der unschuldigen Kinder«. Ich war total neben der Spur, das Stasiverhör wirkte noch

in mir nach. Aber als Susanne die Wohnungstür öffnete und ihre Augen mich anleuchteten, waren meine Ängste und Zweifel wie weggeblasen. Und dann schob sich da noch ein kleines Wesen durch ihre Beine.
»Da ... da ... da!«, brabbelte es und zeigte auf mich.
Wie jedes Jahr kamen viele Freunde zusammen. Alle brachten etwas mit. Edmund hatte jede Menge Kerzen in die Mitte des Raumes gestellt. Daneben standen natürlich Edmunds Leckereien.
Wir saßen zusammen, Susanne sang mit dem Liedermacher, dass man seinen Wein nicht für morgen aufsparen, sondern mit seinen Freunden jetzt trinken solle. Auch seine Liebe solle man nicht aufsparen für ein paar Minuten in der Nacht ...
Der kleine Tim saß auf meinem Schoß und wippte zur Musik.
Nickelbrille erzählte eine seiner kubanischen Geschichten, dazu erklang Edmunds Querflöte.
Der Abend floss mit leisen Gesängen und Unmengen von Wein dahin.

Tim war schon nach kurzer Zeit eingeschlafen. Das kleine unschuldige Kind lag auf meinem Schoß. Susanne rückte näher zu mir. Mit ihren schmalen Händen fuhr sie über mein Gesicht. Ich schloss die Augen.
»Schön, dass du da bist!«, sagte sie leise. »Ich hatte Angst, dich nicht wiederzusehen.« Ich wollte etwas sagen, aber sie legte ihre Finger auf meine Lippen.
»Wenn du willst, nehme ich dich heute mit.«
Es war eine Botschaft, die wie ein Feuerstrahl in mich fuhr. Susanne offerierte mir ihr allerheiligstes Heim, nach dem ich monatelang verzweifelt gesucht hatte!
Wochenlang war ich durch die Straßen des Prenzlauer Bergs geirrt, hatte Hinterhöfe durchforstet, Leute gefragt und Kastanienbäume begutachtet. Jetzt war es also so weit, sie hielt mich für würdig, in ihr Leben einzutreten.

SKIZZEN
PFLUGSCHAREN

Berliner
S-Bahn
Antrag auf Ausreise aus der DDR

Als sich der Kreis langsam auflöste, wurde Susanne unruhig. Sie packte den schlafenden Tim in sein Winterfell und schaute mich fragend an.
»Ich bring dich noch ein Stück!«, flüsterte ich.
Vorsichtig hob ich den Kleinen auf meinen Arm, und wir stiegen die steile Treppe hinunter.
Der Kinderwagen stand unter den Briefkästen. Susanne zog ihn auf den verschneiten Hof. Bis zur Prenzlauer sagten wir kein Wort. Wir liefen schweigend nebeneinander, wie bei unserer ersten Begegnung. An der Kreuzung Dimitroff legte sie mir ihre Arme um den Hals. Sie weinte leise.
»Es ist gut so, wie es ist!«, sagte Susanne und strich mir mit ihren schmalen Händen übers Gesicht.
Ich stand noch lange da und schaute ihr hinterher. Sie lief durch die winterliche Nacht, schob den Kinderwagen und drehte sich nicht mehr um. Ich hatte plötzlich Angst vor ihrem Leben, ihrer Wohnung und all dem, was ich mir in meiner Fantasie ausgemalt hatte. Es sollte so bleiben, wie es bisher war. Mit dem plötzlichen Auftauchen und dem leisen Verschwinden. Ich liebte die Sehnsucht und hasste den Alltag, für den ich noch ein ganzes Leben Zeit hatte.

*

Und nun, neun Monate später, stand sie mit ihrem wunderschönen Lächeln wieder vor mir.
Es war, als ob keine Zeit zwischen uns gelegen hätte. Nur an dem Kleinen erkannte ich die Länge des Jahres, das vergangen war. Ich griff seine Hände und ließ ihn durch die Spätsommerluft fliegen.
»Rakete zu den Sternen!«, rief ich und drehte mich schneller. Dann setzte ich den kleinen Kosmonauten wieder ab.
»Mal ... mal ... mal!«, forderte er und streckte mir seine kleinen Arme entgegen. Susanne verdrehte lachend die Augen.

»Fertigmachen zum Start!«, rief ich und nahm seine Hände. Susanne und ich zählten: »Zehn, neun, acht, sieben ...«

Kosmonaut Tim flog wieder durch die Abendluft der Duncker. Das Ganze wiederholte sich noch etliche Male. Erst dann trat Susanne auf mich zu und strahlte mich an.

»Alles Gute zum 18., mein wilder Junge!« Sie küsste mich.

Wir liefen die Duncker runter, der kleine Tim zwischen uns. Eine Hand hielt ich, eine Susanne.

»Eins, zwei, drei!«, riefen wir immer wieder in die Straßenschluchten, und Tim flog durch die Luft.

ZWEERAUMWOHNUNG

Es war an der Zeit, mir eine eigene Bude zu suchen. Immerhin war ich seit einigen Tagen volljährig, was mich berechtigte, einen Wohnungsantrag zu stellen. Und nachdem mir Edmund offenbart hatte, die DDR verlassen zu wollen, konnte ich mich auch nicht mehr in seiner Dunkelkammer zusammenrollen. Es war aussichtslos, die Augen an einem Ort zuzukriegen, wo schon die Kisten gepackt wurden. Zumal der Ausreisetermin jetzt feststand. Edmund war wie ausgewechselt. Er tippte Tag und Nacht Packlisten. Ich hatte ihn verloren, auch wenn er noch hier war. Zwischen uns lag schon die Mauer. Er versuchte, mich aufzuheitern, aber es war nur ein Spiel auf Zeit.

Ich tigerte in der Fröbelstraße auf das rote Backsteingebäude zu. Der Riesenkasten war Ende des 19. Jahrhunderts für Obdachlose und deren medizinische Versorgung errichtet worden. Ich hatte ein großes Interesse an einem Dach überm Kopf. Die entsprechende Amtshandlung wurde mir aber von einer Bürokraft verwehrt. In meinem Ausweis stand eine Pankower Adresse.

»Da müssen Se in Ihr'n Stadtbezirk jehn!«, sagte die Frau mit der dicken Brille. Ich guckte etwas dumm aus der Wäsche.
»Dit jeht nur bei Ihn'n zu Hause! Versteh'n Se?« Die Brillenfrau schaute über ihre ERIKA-Schreibmaschine.
»Aber ... ich bin hier zu Hause«, sagte ich, »ich will gern hier wohnen, im Prenzlauer Berg!«
Die Frau schob mit dem Zeigefinger ihr schweres Kassengestell in Position.
»Hier kann nich jeda mach'n, watta will!«, zischte sie. »Ihr Antrag muss erst mal in Pankow jestellt wer'n! Dann könn' Se wieda hier vorbeischnei'n! Punkt, aus!«
Ich stolperte auf die Straße und blickte mich hilflos um. Was war das denn schon wieder für 'ne Kacke! Ich brauchte unbedingt diesen Wisch! Denn ohne Wohnungsantrag gab's auch keine Zuweisung, und ohne Zuweisungsschein keinen Mietvertrag. Wenn ich mir vorstellte, dass ein Erstantragssteller bis zu zehn Jahre auf eine Wohnung wartete, wurde mir schlecht. Die halbe Jugend der Republik hockte, bis der Haaransatz grau war, in ihren Kinderzimmern, um dann in eine Einraum-Platte zu ziehen und endversorgt zu sein.
So wollte ich nicht enden, mit schütterem Haar in meinem Kinderzimmermuseum. Geduld war nicht meine Stärke. Ich brauchte jetzt eine Bude, meinetwegen auch mit kaputtem Außenklo und undichten Fenstern. Das war mir scheißegal!
Die Woche darauf stellte ich in Pankow meinen Wohnungsantrag, wobei mich die Bearbeiterin darauf hinwies, dass die Aussicht auf eine freiwerdende Einraumwohnung aussichtslos wäre, es lägen bereits über 400 Anträge vor.
»Ja, ja«, sagte ich, »meine Oma auch!«
Die Bürofrau bäumte sich auf. »Nu wer'n Se mal nich pampig, sonst jibt't jar keen Antrag!«
Ich zog den Kopf ein: »Wie lange dauert denn die Bearbeitung?«

Sie schaute mich mit großen Augen an, als hätte ich nach Bananen gefragt.
»Ungefähr ein bis zwei Jahre!«, sagte sie sachlich.

Mein Blick musste sie dann doch sehr irritiert haben, denn sie lachte kurz auf und beschwichtigte: »Kleener Scherz, ich denke mal, zwei bis drei Wochen, dann ham Se ihren Antrag bei Mutti im Kasten.«

Ich war jetzt wieder öfter beim Indianer. Drei Tage auf seinem Matratzenlager und drei in Mephistos Atelier auf der Couch. Von Sonntag auf Montag schlief ich notgedrungen im Kinderzimmermuseum in Pankow.
Das Kartenhaus, das ich mit Mutter nach meiner Auferstehung gebaut hatte, brach wieder zusammen. Sie konnte nicht begreifen, dass ich in dieser schmuddeligen Künstlerszene, wie sie meinen Kreis nannte, ein Zuhause gefunden hatte. Überhaupt war es für sie unvorstellbar, dass ich mit schwulen älteren Männern meine Zeit verbrachte. So sehr ich auch auf sie einredete, dass es eine völlig normale Sache sei, Homo zu sein, sie machte sofort dicht.
Umso mehr war ich überrascht, als ich an einem unserer vereinbarten Sonntage zum Essen kam und feststellen musste, dass mein Kinderzimmer nicht mehr existierte. Ich stand im Türrahmen meiner ausgelöschten Vergangenheit und blickte in die Fremde. Mutter legte mir die Hand auf die Schulter.
»Na, gefällt's dir?«
Sie hatte für sich in meiner Kinderhöhle ein Schlaf- und Arbeitszimmer eingerichtet. Da, wo mein Spielregal – gefüllt mit den Abenteuern der letzten 18 Jahre – stand, befand sich jetzt ein schlichtes Holzbett. Vorm Fenster thronte der alte Schreibtisch aus dem Wohnzimmer. Die Heldenplakate meines DEFA-Indianers waren verschwunden, genauso wie die Tapete mit dem Rautenmuster.

Ich war geschockt, aber auch erleichtert. Sie hatte mein permanentes Wegbleiben für sich verarbeiten müssen und so einen Schlussstrich gezogen.
»Du kannst jederzeit auf dem Klappsofa in der Stube schlafen«, sagte sie sanft.

Wir saßen schweigend beim Essen. Ab heute hatte ich kein Zuhause mehr, das stand fest. Ich war Gast, und ich hatte das so gewollt. Meine Mutter blickte immer mal zu mir rüber, ich glaube, für sie war es noch viel schwerer als für mich. Ihre Tränen fielen auf die unangerührte Scheibe Hackbraten auf dem Teller, den sie langsam von sich wegschob.

»Deine Sachen sind alle noch da! Ich hab sie in Kisten gepackt«, sagte sie leise. »Sie stehen hinterm Vorhang im Flur.«
»Is schon gut, Mutti.«

Der Indianer schlug vor, ich solle mir eine leerstehende Bude suchen und sie einfach besetzen. Er habe das auch so gemacht.
»Kontonummer vom Nachbarn jeben lassen, so 'n paar Kröten als Miete einzahlen, abwarten und Tee trinken. Irgendwann isset deine Bude. Da kräht dann keen Hahn mehr nach. Die wissen sowieso nich, watt hia allet leersteht.«
Edmund war da anderer Meinung. Er wäre zwei Mal aus besetzten Wohnungen rausgeflogen. Er würde mir ja gern seine Schlüssel überlassen, aber die müsse er am Tag der Ausreise beim Ministerium des Inneren abgeben. Und erfahrungsgemäß würde die Wohnung dann gleich versiegelt. Mephisto sagte, ich solle den Magistrat für Wohnraum mit seinen eigenen Waffen schlagen.
»Du stellst eine Liste mit leerstehenden Wohnungen zusammen und hältst die denen vor die Nase!«

Also zog ich los und sammelte den Leerstand ein. Klingelte an Türen, fragte mich durch die Hinterhöfe. Fand vernagelte und zugeschraubte Türfelder in einstürzenden Seitenflügeln, kletterte auf Dachböden, schlich durch sperrmüllgefüllte Keller und balancierte über Deckenbalken, die unter zerfallenen Dächern lagen.
Die Spuren des Krieges waren immer noch deutlich, obwohl der Wiederaufbau seit fünfunddreißig Jahren im Gange war. Er zeichnete sich an den Rändern Ost-Berlins ab, wo eine neue sozialistische Welt in Plattenbauweise entstand. Der einst so bevölkerte Arbeiterbezirk zerbröckelte unter maroden Dächern. Die Wohnungsnot war groß, denn die Buden, die ich auf meine Liste schrieb, galten als unvermietbar.

»Die sin alle baupolizeilich jesperrt!«, blaffte die Brillenfrau, nachdem sie ihre Karteikartenschränke durchsucht und jeden Eintrag auf meiner Liste abgestrichen hatte.
»Tut ma leid, junga Mann!«
Ich trottete los, ließ mich nicht beirren und suchte weiter.
Nach vier Wochen kannte ich jeden Winkel des Prenzlauer Bergs. Die Frau mit dem Kassengestell verdrehte jeden Dienstag die Augen hinter ihrer Schreibmaschine, wenn ich wieder in ihr Büro stolperte.
»Und? Ham Se wieda een paar Löcher ausfindig jemacht?«, begrüßte sie mich, mittlerweile lächelnd.
Ich diskutierte mit ihr über zugefrorene Wasserleitungen, eingefallene Kachelöfen und zerschlagene Fensterscheiben. Bis sie irgendwann, wie in einer Losbude, eine Karteikarte aus der Kiste zog: »Na da ham Se jetzt aba 'n Fünfa im Lotto! Soweit ick dit hiea seh'n kann, is allet im jrünen Bereich!«

Am liebsten hätte ich jetzt die Dame vom Magistrat in meine Arme genommen, doch die Sache hatte noch einen Haken.

»Aba«, sagte sie mit erhobener Stimme, »dit is 'ne Zweeraumwohnung, die steht Ihn'n jar nich zu!«

Ich wollte gar nicht erst ihren Spruch »Tut mir leid, junger Mann!« abwarten, sondern platzte panisch dazwischen: »Meine Verlobte zieht mit ein!«

Ihre Gesichtszüge erhellten sich.

»Sehr jut, junga Mann, da sieht die Sache schon janz anders aus! Da könn' wa gleich zur Tat schreiten!«, tönte sie offiziell, lochte meinen Antrag auf Zuweisung und heftete ihn ab.

»Dann bräucht ick ma noch den Antrag ihra Verlobt'n!«

Ich blickte etwas unbeholfen in meinen leeren Hirschbeutel.

»Ähm ... ja ... den bring ich nächsten Dienstag mit!«, stotterte ich.

»Na prima, dann seh'n wa uns kommende Woche!«

Sie klappte den Aktendeckel zu und legte ihn auf den linken Stapel ihres Schreibtisches.

Im Flur lehnte ich mich an die Wand. Meine Gedanken fuhren Achterbahn. Wie sollte ich die Sache in den Griff kriegen? Ich war so dicht dran – nur noch ein blödes Formular und ich hätte meine eigenen vier Wände!

Gegen fünf fuhr ich nach Weißensee. Seit September machte ich das Abendstudium an der Kunsthochschule. Mephisto hatte mich dort hingeschleppt. Er sagte, dass es jetzt langsam an der Zeit wäre, hier weiterzumachen. Wir zeichneten seit Tagen Stillleben. Vasen und Kannen, Gläser und Flaschen, Äpfel und Birnen in verschiedensten Positionen. Es ödete mich an. Aber wahrscheinlich, weil ich es einfach nicht draufhatte. Esther, einer blonden Elfe, die neben mir saß und kaum etwas sagte, floss es dagegen nur so aus den Händen. Sie maß mit ihrem Kohlestück den Tisch, dann das Blatt und setzte mit einer beängstigenden Sicherheit Linien, Kreise und Ellipsen. Ich dachte immer wieder an die beiden Zimmer unterm Dach.

»Sag mal, hast du schon einen Wohnungsantrag gestellt?«, fragte ich sie. Sie blickte kurz von ihrem beachtlichen Kohle-Stillleben auf.

»Na klar«, antwortete sie mit absoluter Selbstverständlichkeit. »Meinst du, ich will ewig bei meinen Eltern hocken?«

TRÄNENPALAST

Am 13. November brachten wir Edmund zum Tränenpalast. Susanne und Mephisto saßen vor uns in der Straßenbahn. Edmund hatte seinen Arm um mich gelegt. Es war wie bei einer Beerdigung. Bloß dass wir den zu Grabe zu Tragenden lebendig vor uns hertrieben. Der graue Himmel schiffte. In der Friedrichstraße holte Edmund an einem Kiosk eine Flasche Wodka. Wir standen unter der S-Bahnbrücke und ließen die Pulle kreisen.

»Auf unsere Freundschaft!«, sagte Mephisto und kippte einen kräftigen Schluck.

»Auf ein Wiedersehen!«, sagte Susanne, setzte die Flasche an und trank.

»Auf den Verrat!«, wimmerte ich und ließ die Schnapspulle nicht mehr los.

Susanne versuchte, mir die Flasche wegzureißen, doch ich klammerte mich fest und ließ den Fusel bis zum letzten Tropfen in mich laufen. Dann sackte ich auf den Boden und heulte.

Edmund stand hilflos vor mir. Mephisto drückte ihn beiseite.
»Lass nur, der wird schon wieder!«, sagte er sehr klar. »Mach, dass du rüberkommst!« Edmund verschwand im Nichts.

Ich erwachte auf der Chaiselongue in Mephistos Atelier. Mein Kopf schmerzte, mein Hirn war Matsch. Die dunklen Wände schwankten, die nachtschwarzen Fenster kippten bedrohlich auf mich zu. Ich wälzte mich hoch und wankte den endlosen Flur entlang. Im Bad reiherte ich im hohen Bogen in die Kloschüssel. Mir war hundeelend. Ich ließ mich neben dem Klo nieder, legte meinen Kopf auf den Deckel und hoffte, die Schleuderbewegungen würden nachlassen. Irgendwann kam ich wieder zu mir und beschloss, ins Atelier zurückzukriechen. Als ich an der Küche vorbeikam, stand Susanne im Türrahmen.
»Ich hab Tee gemacht!«
Auf dem Küchensofa saß Mephisto und stach mir mit seinen Eis-Augen zwischen die Hörner. Ich hockte mich zu ihm und hielt mir den brummenden Schädel.
»Wie geht's beim Abendstudium voran?«, fragte er.
Ich war nicht imstande, etwas zu sagen. Mein Kopf war leer, und in meinem Magen tobten Wodkareste. Susanne reichte mir eine Tasse Tee. Ich schlürfte in kleinen Schlucken. Die Wärme tat gut.
»Ich glaube, unser Jüngling kann noch nicht sprechen!«, sagte sie zu Mephisto.

Um halb sieben trottete ich los. Es war noch dunkel. Das U-Bahn-Viadukt in der Schönhauser lag im fahlen Licht der Gaslaternen. Der Regen fiel in feinen Linien auf den brüchigen Asphalt. Die Werktätigen schoben sich mit mir in den Zug. Am Alex folgte ich den Massen und stolperte die Treppen hoch zur S-Bahn, die ich am Marx-Engels-Platz verließ. Im Bauwagen saß die Lackierkönigin mit dem Restaurator am Sprelacart-Tisch und kaute ihre Frühstücksstullen.

»Morjen!«, brummte ich und drängelte mich an ihnen vorbei.

Die beiden nickten mir zu und kauten weiter. Gut so, dachte ich, denn zum Sprechen war ich noch nicht in der Lage. Der Aufstieg am Eingangsportal des Alten Museums stellte eine Herausforderung für mich dar. Das 14 Meter hohe Baugerüst bildete mit der Fassade eine labyrinthartige Symbiose, durch die ich bis in den Deckenbereich vordrang.

Die ionischen Säulenkapitelle am oberen Abschluss des Daches lagen mir zu Füßen. Die Kassettendecke schwankte zwei Armlängen über meinem schmerzenden Haupt. Der Restaurator kniete am Plattenkocher und ließ den Knochenleim blubbern.

»Ihr könnt schon mal loslegen!«, sagte er. »Da drüben steht die Farbe für die Schatten!« Ich baumelte mir eine Blechdose »Schatten« um den Hals, kletterte die Leiter hoch und setzte mich auf die letzte Sprosse. Meine bleischweren Arme suchten immer wieder den Schoß. Ich drückte den Malstock vergebens an die Decke und zitterte mit dem Pinsel ein paar unelegante Schattenstriche aufs Stuckrelief. Bis zur Frühstückspause produzierte ich zwei Kassetten Ausschuss am historischen Schinkelgebäude. Der Restaurator nahm mich beiseite:

»Die grundierste noch mal und dann fängste von vorne an!« Er sagte es ganz ruhig, mit einer Engelsgeduld, die mich aufschrecken ließ. Geduld war das Schlüsselwort in der Restaurierung. Nichts überstürzen, genau überlegen und sorgfältig arbeiten.

»Reiß dich zusammen, der Brigadier taucht gegen Mittag auf!«, ergänzte er noch und kletterte die Rüstung hoch.

Der Brigadier war das Gegenstück des Restaurators. Ein linientreuer Parteifunktionär, der mit Löwengebrüll seine Stellung behauptete. Glücklicherweise musste er oft zu politischen Weiterbildungen. Wir hatten dann ein paar Tage Ruhe, bis er wieder auftauchte und wegen des sozialistischen Wettbewerbs rumschrie.

»Planerfüllung!«, brüllte er dieses Mal. »Ihr müsst mal 'n bisschen Gas geben! Die Fassade sollte schon seit drei Wochen fertig sein! Wir hängen wie die Glocken!« In dem Moment ertönte vom Berliner Dom das Mittagsgeläut. Wir bogen uns vor Lachen. Selbst die Lackierkönigin kicherte. Der Brigadier rannte türknallend aus dem Bauwagen. Eigentlich war das ja mein Part, mit den Türen zu knallen. Aber ich ließ ihm heute den Vortritt.

Mein körperlicher Zustand besserte sich Richtung Feierabend, dafür war meine Seele wund. Edmund schlich durch meinen Kopf. Er kam durch den Tränenpalast meiner Augen rein, krallte sich an den vorderen Hirnlappen und wühlte die Erinnerungen raus.

Kurz vor Arbeitsende kreuzte der Brigadier erneut auf und kommandierte uns in den Bauwagen.

»Wir ham 'n Sondereinsatz! In Pillnitz!«, schnaufte er sichtlich unzufrieden. »Ab morgen bist du, Rainer ...«, dabei zeigte er auf den Restaurator, »... und du, Schlafmütze ...«, er zeigte auf mich, »... für die nächsten drei Wochen im Wasserschloss!«

Mir klappte die Kinnlade runter. Ich hatte hier den Arsch voll zu tun. Das Abendstudium lief, und meine Wohnungszuweisung hing am seidenen Faden. Ich konnte auf keinen Fall hier weg.

»Moment!«, rief ich in die Runde, die sich gerade auflöste.

Der rotgesichtige Brigadier schaute mich mit erstaunten Augen an.

»Unsere Schlafmütze kann sprechen!«, blaffte er. »Sieh an!«

Ich war aufgesprungen und stand unmittelbar vor dem Zwei-Meter-Mann.

»Die Sache ... ist die ...«, stotterte ich, »meine Mutter ... ist krank ... und ...«, weiter kam ich nicht, denn Rotgesicht fing an zu brüllen.

»Morgen früh um sieben steh'n Se hier mit jepackten Sachen! Lesen 'Se mal ihr'n Arbeitsvertag! Und noch was, wachen 'Se langsam mal auf!«

Mit diesen Worten rannte er an mir vorbei die Bauwagentreppe runter und brauste mit seinem roten Lada davon.

Na toll!, dachte ich, das mit der eigenen Wohnung kann ich mir jetzt in die Haare schmieren!
Mir blieben drei Stunden, um das Ruder rumzureißen. Hornbrille war heute bis 18 Uhr in ihrem Büro, aber mir fehlte das Vorzeigemodell der Verlobten.
In diesem Moment tauchte eine engelsgleiche Fee vor mir im Lustgarten auf.
»Wollte mal seh'n, wo du arbeitest!«, hauchte das blonde Wesen. Ich glaubte es kaum und ging auf Tuchfühlung.
»Esther, das ist ja supa!« Meine Arme wickelten sich um ihre zarte Gestalt, ihr Haar roch nach Entenküken und ihre Lippen schmeckten nach essigsaurer Tonerde.
»Ich muss dir was erzählen!«, sagte ich überschwänglich und flanierte mit ihr am Eingangsportal des Alten Museums entlang. Nachdem ich eine halbe Stunde auf sie eingequatscht hatte, war sie bereit, mit mir und ihrem Wohnungsantrag in die Fröbelstraße zu fahren.
»Du zeigst das Ding kurz hin, ich krieg meine Zuweisung und dann rücken wir wieder ab!«, erklärte ich euphorisch. »Ganz einfach!«

Die Bürofrau freute sich sogar, mich wiederzusehen.
»Da is ja dit glückliche Paar! Jibt's schon 'n Hochzeitstermin?«
Ich schaute etwas verlegen zu Esther.
»Naja, wir sind noch am Planen ... erst mal Wohnung einrichten und so ...«
Die Bearbeiterin schaute durch ihre Lupengläser auf die ERIKA-Schreibmaschine und spannte ein Formular auf die Gummiwalze.
»Lychna 54.« *Taktaktak.* »1055 Balin.« *Taktaktak.*
»Und jetze ma die Namen der Turteltäubchen!«,
forderte sie und machte weiter *taktaktak*.
Sie reichte uns die Zuweisung und drückte erst Esther, dann mir die Hand.

Zugang nur mit gültigen
Grenzübertrittsdokumenten

»Herzlichen Glückwunsch!«, sagte sie. »Ach so, bevor ick's vajesse, ihr'n Antrag brauch ick ooch noch!«

Dabei zielte sie mit ihrer Zeigefingerpistole auf Esther, die ihr erschrocken das heilige Dokument reichte. Der Vorgang, den ich schon kannte, wiederholte sich. Hornbrille verschwand hinter ihrem Schreibtisch, lochte das Papier und heftete es in den Aktenordner. Ein Widerspruch war nicht möglich, da sie uns mit ihrem Kommandoton hinauskomplimentierte.

»Nu ma flinke Beene, da wart'n noch hundat andre drauß'n!«

Sekunden später stand ich mit Esther vor der Tür. Der nächste Bedürftige war ins Büro vorgedrungen. Die Meute, die noch im Flur lungerte, starrte uns an.

»Sag mal, hast du 'n Knall?«, schrie Esther und stieß mich von sich. »Du gehst da jetzt sofort wieder rein und holst meinen Antrag zurück! Verstanden?«

Ich stolperte ein paar Schritte rückwärts. Die Meute johlte.

»Hey, ganz ruhig!«, beschwichtigte ich sie und streckte meine Hände nach ihr aus. »Ich krieg das schon hin!«

Ein Raunen ging durch die Menge.

»Na los, mach schon!«, schniefte sie verzweifelt. Tränen liefen ihr übers Gesicht. Eine ältere Frau rief: »Oooch, die Kleene weent, nu nimm 'se doch ma in'n Arm!« Ich nahm sie wirklich in den Arm. Sie klammerte sich an mir fest.

»Lass uns hier abhauen!«, flüsterte ich in ihr Engelshaar. »Ich regel das dann schon!«

Wir stolperten auf die Straße. Der November rotzte vom dunklen Himmel. Schleimiges Laub glitschte unter meinen Trampern. Ich strauchelte, doch Esther hielt mich auf den Beinen. Wir liefen schweigend die Prenzlauer runter, ihre Hände unter meinem Parka, mein Arm um ihre Hüfte.

In der Christburger tasteten wir uns ins Hinterhaus.

Esther war geschockt, als ich mit ihr in der Katzenküche des Indianers stand. Aber angetan, als wir uns im Kerzenlicht auf das Matratzenlager hockten. Rosa saß am Klavier und improvisierte. Der Indianer las einen Text, und die beiden Knutschtypen bewegten sich tanzend durch den Raum. Es war eine nicht abgesprochene Inszenierung der besonderen Klasse. Ich lag in Esthers Fangarmen und lauschte der Musik.

NEUSTADT

Der Zug schleppte sich langsam aus der Bahnhofshalle. Ich ließ mich gegenüber von Rainer, dem Restaurator, auf die Bank fallen.
Ich musste an Gurke denken und an die Fahrt in den Spreewald. An den Jugendknast. An sein schmales Gesicht mit dem rasierten Schädel. An die Angst, die ich hatte, ihn wiederzusehen. Ein Jahr war vergangen seit unserer letzten Begegnung. Kein Zeichen von ihm! Er hatte auf meine Briefe nicht reagiert. Auch auf die nicht, die ich in den Spreewald schickte.
Warum zögerte ich, zu ihm zu fahren?
Und was war eigentlich mit Susanne?
Seitdem Edmund unser schönes Land verlassen hatte, tauchte sie auch nicht mehr auf.
Ein Scheiß war das alles!!!
Aber als Erstes musste ich unbedingt die Sache mit meiner Wohnung auf die Reihe bringen!

Und vor allem das mit Esther! Die ganze Nacht über hatte ich auf dem Matratzenlager in ihren Armen gelegen. Ich hatte auf sie eingeredet und versprochen, dass ich ihren Wohnungsantrag wiederholen würde.
»Wirklich?«, flüsterte sie und legte ihre Lippen auf meine Stirn.
»Ganz bestimmt!«, schwor ich ihr. »Ich fahr am Dienstag nach Berlin und hol das Teil!«
»Es ist so schön mit dir!«, wisperte sie.
Ich legte meine Hände auf ihre glühenden Wangen und brummte: »Mit dir auch.« Jetzt stand sie am Bahnsteig, und ihr blondes Haar wehte im eisigen Wind.
Ich streckte den Kopf aus dem Fenster des Reichsbahnzuges; sie verschwand im Novembermorgen.
»Ein hübsches Mädchen hast du da!«, sagte Rainer und zog an seiner Tabakpfeife. Aus meinem Rucksack kramte ich das Skizzenbuch. »Ja, ich mag sie!«, sagte ich beiläufig.

Vor einigen Wochen hatte ich Esther im Abendstudium gezeichnet. Ich blätterte durchs Buch und suchte die Skizze. Mir fiel auf, dass ich im letzten halben Jahr versucht hatte, alles, was um mich herum passierte, festzuhalten.

Sogar Mephistos Ausstellungeröffnung in der Studiogalerie hatte ich mit ein paar wilden Strichmännchen kommentiert und »Urst krasser Abend« darüber geschrieben.

*

Eine Menschentraube stand in der Kastanienallee vor den großen Fenstern der Galerie. Alle wollten sehen, was der Meister in den vergangenen Jahren zustande gebracht hatte. Selbst mir war es bis zu diesem Zeitpunkt nicht möglich gewesen, die Bilder zu sehen.

Als ich die erste Nacht in Mephistos Atelier auf dem Sofa kampieren durfte, hatte er gesagt: »Meine Arbeiten sind tabu!«, dabei durchdrang er mich tief mit seinen eisblauen Augen. Er machte ein Riesengeheimnis um die Leinwände. Sie standen mit ihren Gesichtern zur Wand und versteckten die gemalten Flächen. Manchmal lag ich im Halbdunkel des Ateliers wach. Im Rhythmus der U-Bahnzüge, die auf dem Viadukt vorbeidonnerten, zogen Lichtstreifen über die Rückwände der Bilder. Ich wälzte mich auf dem Sofa herum und versuchte mir auszumalen, welche Farben sie trugen.
Wen hatte er alles mit seinem schneidenden Blick seziert und in seine Höhle gelockt? Ich war bis jetzt niemandem im Atelier begegnet. Kein Modell auf dem Sofa, kein liegengelassener Schal. Nichts, was auf die Anwesenheit einer Person hindeutete.

Susanne wollte auf keinen Fall, dass ich mich von ihm malen ließ. Aber es war die Zeit, in der ich von ihr Abstand nahm. Ich wollte mich nicht mehr von ihr rumschubsen lassen, und der Pakt, den ich mit Mephisto besiegelt hatte, brachte mich künstlerisch weiter. Jedenfalls glaubte ich daran, und außerdem: Was war schon dabei, Modell zu sitzen?

Als ich nun in die völlig überfüllte Galerie drängelte, verschlug es mir dann doch die Sprache. Zehn Tafelbilder waren dicht belagert von heftig diskutierenden Individualisten.
Der Titel der Ausstellung prangte in großen Lettern über dem Bilderensemble: F E R N W E H I M P A R A D I E S.
Es waren ikonenhafte Porträts auf tiefschwarzen Hintergründen mit allerlei schemenhaften Symbolen. Ich schob mich durch die Massen und stand auf einmal vor Edmund.

Er hatte die Augen geschlossen, den Zeigefinger der rechten Hand erhoben. Seine Schultern waren nackt, seine Haut transparent und sein

Gesicht ähnelte einer Totenmaske. Ich erschrak, als ich die schmale Bildunterschrift las: »Die Flucht des Propheten«.
Ich drängelte weiter, ein Stück neben Edmund hing »Die Schicksalsgöttin«.
Ihr Kopf war leicht zur Seite geneigt. Aus ihren Augen trat Blut, ihre Schultern waren nackt, ihre Brüste erschlafft. Aus der linken geöffneten Hand stiegen drei Totenkopffalter auf. Es war eindeutig Susanne, die das Leid der gesamten Menschheit in sich trug.
Die Menge schob mich weiter, vorbei an hoffnungslosen Apostelgesichtern und stummen Predigern, bis ich am letzten Tafelbild ankam.
Mephisto hatte mich von hinten gemalt. Ich wendete dem Betrachter den Rücken zu. Das pechschwarze Haar hing lockig über meine Schultern. Der Anschnitt meines Gesichts war nach oben geneigt, wie wenn ich hoffnungsvoll zu den Sternen aufschaute. Doch es war ein lautloser Aufschrei. Um meinen Hals wand sich eine Dornenschlinge, die mich zurückriss.
Darunter stand: »Rückkehr des Jünglings«.
Es war eine schmerzliche Rückkehr, die Mephisto auf meine Seele gemalt hatte. Er brachte mein zutiefst Inneres nach außen, legte es frei. Für jeden. Einige drehten sich zu mir und tuschelten. Ich fühlte mich nackt und ausgeliefert. Ein Objekt, transparent wie Edmunds Haut und Blut, und weinend wie Susannes Augen.
Trotz meiner emotionalen Achterbahnfahrt war ich fasziniert von den Bildern.
Von der scharfsinnigen Auffassung, von der handwerklichen Ausführung und der beängstigenden Aura, die der Maler den Protagonisten seiner Kunstwerke eingehaucht hatte. Ganz zu schweigen von dem politischen Hintergrund, den ja jeder für sich lesen konnte …

*

Ich fühlte mich durch die Erinnerung an Mephistos Kunst nicht besser, besonders wenn ich auf meine stümperhaften Zeichnungen im Skizzenbuch schaute. Der Zug schlingerte in den Schienen, und das Buch rutschte mir aus den Händen. Ich nahm es hoch und blätterte ein paar Seiten weiter. Esther blickte mich erwartungsvoll an. Ich strich über das Papier und sagte leise: »Ich krieg das schon hin!«
»Was sagst du?«, fragte Rainer, der mich anscheinend die ganze Zeit über beobachtet hatte.
»Ach, nur so!«, sagte ich und schaute kurz zu ihm rüber. Er blickte mich mit seinen sanftmütigen Augen an und ließ Rauch aus seiner Pfeife aufsteigen.
Sein Seerobben-Bart bewegte sich, wenn er am Pfeifenstiel saugte.
»Ich will Kunstmaler werden!«, verkündete ich. Rainer ließ seinen Robben-Bart wackeln und lachte.
»Aha! Da musst du aber noch einiges lernen!«
»Na klar!«, gab ich zurück und verstaute mein Skizzenbuch im Rucksack. »Das weiß ich!«

Wir stiegen in Dresden-Neustadt aus dem Reichsbahnzug. Das brüchige Bahnhofsgebäude wirkte, als ob wir das Ende der Welt erreicht hätten. Tauben stiegen nicht für den Frieden auf, sondern nisteten in den Überresten der Halle.
»Ich würd ganz gern noch einen Freund besuchen!«, sagte Rainer. »Ist das in Ordnung für dich?«
Ich hatte nichts dagegen. Rainer war der Chef und ich tappelte mit. Wir durchquerten Straßenzüge, die noch verfallener waren als der Prenzlauer Berg. Die Häuser hockten krumm und schief auf wackligen Fundamenten, und der Wind pfiff durch ihre kaputten Fensterhöhlen. Es war alles viel kleiner, verwinkelter und unglaublich marode. In der Böhmischen öffnete Rainer ein Tor, das Portal war von Balken gestützt und drohte, gleich auf uns niederzukrachen. Wir kletterten eine Stiege

ATELIER
11

ALLE MACHT DER LIEBE

hoch bis unters Dach. Ein Wandelgang, der an einer schmalen Tür mit Bullauge endete, führte in den hinteren Teil des uralten Gebäudes.
Rainer griff durch die Luke und schob das Brett beiseite.
»Komm rein!«, sagte er.
Wir standen im oberen Teil auf einer Galerie mit Glasdach. Der Raum war erstaunlich groß, mit einer nicht auszumachenden Tiefe. Ein Bildhauer-Atelier mit unzähligen Skulpturen, Köpfen und unbehauenen Steinen.
»Hey, Tommy«, rief Rainer, »Glück auf!« Ein Glatzkopf mit Zigarre tauchte zwischen den Gipsfiguren auf.
»Raini, aldor Fescher, schön, das de gumm bis!«
Eine herzliche Begrüßung folgte. Die Sachsen waren schon ein eigenes Völkchen.
Hier wurde jeder erst mal umarmt und gedrückt. Selbst Unbekannte, wie ich einer war, wurden ins Ritual eingebunden. Nach einer gefühlten halben Stunde war der Eröffnungsakt vollzogen und wir schlenderten zum Wiedersehenstrunk die Böhmische runter zur Rothenburger.
»Hebedas« hieß die Eckkneipe, wo das Bier trommelweise auf unserem Tisch landete. Dazu kamen in schnellen Intervallen »Kurze«, die sofort gekippt werden mussten. Der Glatzkopf hatte den Arm um mich gelegt und brabbelte: »De Raini wor dor Oborschdeschor annor Gunsschule! De Bräude haddor alle floch jeleeschd!« Ich kriegte mich nicht mehr ein. Eine Lachsalve trieb mir das Bier aus der Nase.
Um zehn verkündete die Tresenfrau den Ausschankschluss, was ich schemenhaft durch Tabakrauchwolken wahrnahm.
Wir torkelten die dunkle Straße runter. Der Glatzkopf manövrierte uns in den einzigen noch offenen Laden. Der große Gastraum des »Rothenburger Hofes« war leergefegt. Ein Kellner in Hemd und Fliege kam im Stechschritt auf uns zu.
»Feiorohmd!«, rief er.
Der Glatzkopf bäumte sich auf.

»Mensch, Logge, hieor sin Gumbls aous Borlin!«
Der Kellner verriegelte die Eingangstür und winkte uns nach hinten. Wir folgten ihm in die Küche, wo wir auf Mausi und Moni stießen. Die beiden Küchen-Schönheiten klapperten mit dem Geschirr im Spülbecken. Der späte Abend zog sich mit acht Flaschen Perlwein bis in die Morgenstunden. Mausi saß irgendwann auf Rainers Schoß und himmelte ihn an.
Der Kellner lag schnarchend neben meinem Würzfleisch. Tommy, der glatzköpfige Bildhauer, war verschwunden. Ich stolperte zum Klo und pinkelte im hohen Bogen in die Rinne. In der Kackbox neben mir rumpelte und stöhnte es. Kurze spitze Schreie durchstießen den Toilettendunst. Ich beendete meine Fontäne und schlich in die Küche zurück. Gegen sechs verließen wir den Laden und machten uns auf den Weg zum Busbahnhof.
Rainer rüttelte mich.
»Wir müssen raus!«, rief er im Traum.
Ich war während der Fahrt in einen tiefen Schlaf gefallen. Der schaukelnde Ikarus hatte mich eingelullt und flog mit mir durch meine Zweiraum-Dachgeschosswohnung, vorbei an der Hofkastanie, wo in den Zweigen Edmund, Susanne und Gurke Perlwein tranken.
Ich winkte ihnen zu und wollte gerade zu ihnen klettern, da zerrte mich Rainer aus dem Bus.
»Komm schon!«, brummte er und schulterte seine Reisetasche.

Der Morgen graute, und eine chinesische Tempel-Silhouette stieg in den Himmel.

ERIKA

In der ersten Woche fuhren wir pünktlich zum Feierabend nach Dresden in die Neustadt. Ich hatte mittlerweile festgestellt, dass Rainer jeden Abend mit einer anderen Braut im Nest landete. Mir war nicht ganz klar, was er da abarbeitete, aber von mir aus konnte er sich durch ganz Dresden vögeln.

Die winzigen Kneipen in den noch kleineren Gassen waren die Wohnzimmer der Neustadtbewohner. Ob Gemüse-Edith, Kohlen-Schulze oder Künstler-Paul – alle hockten zusammen an den Wachstuchtischen der Spelunken und tranken sich den Abend schön. Nachdem wir uns durch alle Läden gezecht hatten, zog Glatzkopf Tommy seinen Trumpf, mit dem er nicht übertrieben hatte. Wir stolperten über die Brühlsche Terrasse. Sachsens Glanz erhob sich über der Elbe. Die Hochkultur des Kurfürsten stand im barocken Gewand gigantisch vor uns. Das prunkvolle Gebäude entpuppte sich als Kunstakademie mit dem legendären Club der Hochschule. Hier wurde nicht gekleckert, sondern geklotzt, denn hier verkehrte die wilde Kunstszene Dresdens.

Tommy war das Maskottchen des Ladens. Er stellte mir die Führungsriege der Hochschule vor, die sich als enorm trinkfest erwies. Er machte mit jedem seine sächsischen Späße, zitierte Klassiker, sang russische Balladen und imitierte Honeckers Ansprachen.
Wir lachten, tanzten und tranken, bis der erste Bus in den Morgenstunden uns wieder nach Pillnitz bugsierte.

Der Rausch hielt zwei Wochen an, bis ein Brief in dem kleinen provisorisch eingerichteten Zimmer auf meinem Bett lag. Mutter hatte mir geschrieben:

Mein lieber Junge,

ich hoffe, Dir geht es im Sommerschloss von August dem Starken gut und Du hast genug warme Sachen dabei.
Wenn Du zurück bist, lass Dich sehen!

Mutti

PS: Wichtige Post anbei!

Es war ein Schreiben vom Wehrkreiskommando. Vorladung zur Musterung.

Na, schönen Dank auch, dachte ich. Was sollte das denn jetzt auf einmal?
Ich wollte gerade anfangen zu leben, da wurde mir das nächste Stachelhalsband umgelegt. Die Wohnungssituation trat mir wieder vor Augen. Ich musste das mit Esthers Wohnungsantrag klären. Seit zwei Wochen trug ich die Zuweisung in meinem Hirschbeutel herum. Es war ein super Gefühl, einen Fünfer im Lotto in der Tasche zu haben! Umso

beschissener fühlte ich mich jetzt. Die Nationale Volksarmee winkte mit einer Kalaschnikow, und der Magistrat kassierte meine zu Unrecht zugewiesene Wohnung wieder ein.

Am Dienstagmorgen verabschiedete ich mich von Rainer. Er wippte mit seinem Seerobben-Bart und sagte: »Mach's gut, Großer!«
Trotz seiner wahnhaften Fickereien war er mir in den zwei Wochen sehr vertraut geworden. Wir teilten das winzige unbeheizte Zimmer am Fuße der Freitreppe zum Schloss. Wir nannten es immer nur »feuchtes Loch«. Unsere Klamotten waren schon am ersten Tag klamm. Rainer zog eine Verlängerungsschnur in die Mitte des Raumes und stöpselte unseren Plattenkocher an. Das Teil glühte Tag und Nacht und schenkte uns somit einen Funken Wärme. Während der Arbeit sprachen wir wenig. Er zeigte mir Pinsel, Anlege-Öl und Blattgold. Wir arbeiteten uns durch den kuppelgewölbten Festsaal. Zogen unser Gold über Türverkleidungen und Paneele. Hockten mittags im Wasserpalais vorm Leimkocher. Ließen die Linsensuppe in der Büchse blubbern und brachen fürstlich unser Brot. Er nervte und meckerte nicht, gab mir hin und wieder Hilfestellung und hatte eine Engelsgeduld bei allem, was er machte.

»Grüß den Glatzkopp von mir!«, sagte ich und stiefelte los.

Um 12:30 Uhr betrat ich die Wehrkreiskommando-Baracke. Ein Offizier nahm mir meinen Ausweis ab und brüllte: »Ihr Termin is um zehn jewesen! Könn' Se nich les'n oda was?«
Ich wollte gerade erklären, dass der Zug in Dresden schon mit einer Wahnsinnsverspätung aus Prag eingerollt war und die Fahrt nach Berlin sich mit etlichen Unterbrechungen hingezogen hatte. Aber der Militärmann bellte:
»Da rüber, ausziehen! Und mal 'n bisschen zackich!«
Ich zerrte mir die Sachen runter und bemerkte meine dreckigen Füße.

Das Wasserschloss vom starken August verfügte über keine Duschräumlichkeiten. Ich hatte in Pillnitz meine Morgentoilette an einem kleinen Waschbecken mit Eiswasser erledigen müssen, das im zugigen Flur hing. Fürsten und Adlige kannten anscheinend nur Katzenwäsche.
»Schlüpper runter!«, blaffte ein Typ mit Militärmütze und Kittel.
Er sah nicht gerade aus wie ein Medizinalrat, eher wie Küchenpersonal.
»Vorbeugen!«, kommandierte er.
Ich beugte mich vor, dabei fielen mir meine Haare ins Gesicht.
»Die Weiberloden komm' eh runta!«
Er schrieb irgendwas in irgendwelche sinnlosen Formulare und blaffte weiter:
»Seife gib's wohl bei Ihnen nich?«
Meine Widerrede wurde sofort weggebellt.
»Dahin, wegtreten!«
Ich stolperte in Röntgenräume, ließ mir widerwillig die Hoden kneten, machte Kniebeugen, Hockstrecksprünge und las Buchstaben von Wandtafeln, bis ich meine Klamotten wieder anziehen durfte und im Barackengang in Wartestellung ging.
Das Abschlussgesülze der hochdekorierten Militärmänner entsprach dem Nieselregen vorm Fenster.

»Wir freuen uns, Ihnen mitteilen zu dürfen, dass Sie wehrdiensttauglich sind. Mit großem Stolz überreichen wir Ihnen heute Ihren Wehrdienstausweis, den Sie am Einberufungstag mitbringen. Genosse, herzlichen Glückwunsch!«

Ein dickes Rotgesicht überreichte mir das graue Dokument in Plastikfolie mit Alu-Hundemarke. Ich hielt den Fremdkörper in meinen Händen und fragte:
»Aba ... mein' Ausweis ... brauch ich!«
»Den krieg'n Se draußen. Und wegtreten!«

Ich trat in den Novemberregen. Das Grau des Himmels floss über die Häuser und färbte die Straßen. Mit einem Bein stand ich jetzt im Militärdienst der Nationalen Volksarmee. Ich konnte damit rechnen, nächstes Jahr auf einen LKW verladen zu werden, um dann anderthalb Jahre meine sozialistische Freiheit hinter bewachten Mauern zu verbringen, oder, in den Händen die AK47, neben einem T-34-Kampfpanzer durch den Schlamm zu robben. Rosige Aussichten waren das!
Meine Stimmung passte genau zu dem, was mir jetzt noch bevorstehen würde.

*

Die Hornbrille war sichtlich überrascht, als ich nach zweistündiger Wartezeit ihre Bürohöhle betrat.

»Wat woll'n Se denn noch?«, rief sie über ihre Schreibmaschine.
Ich hatte auf dem Weg in die Fröbelstraße gegrübelt, was ich ihr sagen könnte. Aber jetzt war alles weg, mein Kopf war leer, meine Erwartung im Keller und meine Stimme versagte.
»Ich ... hab ... ähm ... 'n Problem!«, stotterte ich. »Meine Verlobte ...«
Die Bürofrau visierte mich durch ihre Lupengläser an.

»Sie hat mich verlassen ... aus, vorbei! ... Versteh'n Sie?«
Ihre winzigen Augen, die hinter den dicken Brillengläsern lagen, funkelten mich an.
»Na, dit is ja rischtisch scheiße!«, krächzte sie und steckte sich eine Semper an.
Der Zigarettenrauch umhüllte sie und ihren Schreibtisch. Für Sekunden verschwand sie im Zaubernebel. Nur die Glut leuchtete im Takt.
Ich kramte die Zuweisung aus meinem Hirschbeutel und legte sie auf den Tisch.

25
DDR
FRAU FRIEDEN SOZIALISMUS
20 JAHRE DFD
STARGARDER STR
DUNCKER STR
LYCHNER STR
SCHLIEMANN STR
RAUMER STR

SEMPER
Filter

»Ick kann da leida och nischt machen!«, sagte sie durch den Nebel. »Dit is 'ne Zweeraumwohnung!«
»Ja, ja, ich weiß«, murmelte ich leise und blickte auf den abgewetzten Boden. »Dann werd ich mir mal 'n Hochhausdach suchen zum Runterspringen!«
Die Bürofrau hatte sich abrupt aus ihrer Wolke erhoben.
Als ich die Tür öffnete, rief sie: »Moment mal!«
Ich drehte mich zu ihr.
»Hinsetzen!«, kommandierte sie und zeigte auf den Stuhl vor ihrem Schreibtisch.
Sie spannte mit flinken Händen den Zuweisungszettel in ihre ERIKA und x-te über die Zeilen.
»Also«, sagte sie, »so 'n junger Hirsch wie Sie hat doch sicher noch 'n Eisen im Feuer.« Ich schaute sie mit einem großen Fragezeichen an.
»Da jibt's doch bestimmt noch 'ne Hübsche, die ick hier eintrajen kann, oda?« Bei mir war der Funke ihres Gedankens noch nicht übergesprungen.
»Ick brauch 'n weiblichen Vorname! Verstehn' Se? Kerstin, Marion, Dörte, Grit, Annette ... so wat.«
»Ähm ... äh ... Sabine?«, stotterte ich. Ihre Finger tackerten los.
»Und Hintername?«, fragte sie. »Wer'n Se ooch noch parat haben, oda?«
»Ja, natürlich!«, rief ich und wippte mit meinem Oberkörper hin und her, in der Hoffnung, mein Hirn würde mir einen eingeben.
»Ähm ... äh ... Sch... Schmidt!«, platzte es aus mir.
Taktaktaktaktak, und *ratsch* machte es. Die Brillengöttin reichte mir die geänderte Zuweisung und kramte Esthers Wohnungsantrag aus dem Hefter.
»Hier«, sagte sie, »und jetzt jeh'n Se mir aus der Sonne!«

Ich stand sprachlos vor der Bürofee und schlang dankbar meine Arme um sie.

»Raus hier!«, brüllte sie.

Im Flur liefen meine Augen über. Ich heulte los und ließ es laufen, durch die Gänge, zur Tür hinaus, bis der Novemberregen sich mit meinen Tränen vermischte.

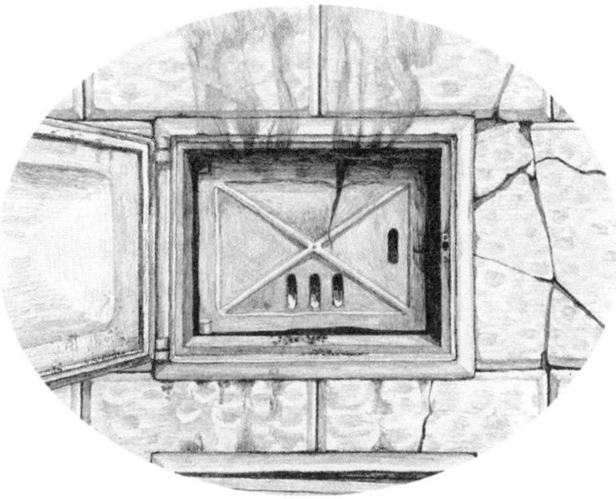

VIER WÄNDE

Am Abend des 5. Dezember kroch ich auf ein paar alten Seegrasmatratzen in meinen Schlafsack.

Die kaputten Fenster hatte ich provisorisch mit Pappe zugeklebt. Der Kachelofen qualmte, und der Rauch breitete sich im Zimmer aus. Ich zog mir die Decke über den Kopf und fühlte mich wie neugeboren. Die erste Nacht in meiner eigenen Wohnung! Ich konnte es kaum fassen, schob meine Nase neugierig unter der Decke hervor und hustete. Nach einer halben Stunde riss ich die Fenster auf und ließ die kalte Luft rein. Der Hof lag still. Die Zweige der Kastanie tanzten im Mondlicht. Wie wunderschön es hier war! Ein Zimmer unter dem Dach, mit einem Ofen, dem Kacheln fehlten, einer Elektroanlage, die nicht existierte, einem Klobecken, das ich noch benötigte, und einer Küche ohne Herd. Aber das störte mich nicht im Geringsten. Ich war unglaublich glücklich. Auch wenn mich die Mitarbeiterin der KWV auf die unzumutbaren Bedingungen der Wohnung hingewiesen hatte.

Da ein Einzug noch lange nicht möglich sei, sagte sie, würde sie mir einen Ausbauvertrag anbieten.
»Aber gerne doch«, sagte ich überschwänglich, »das mach ich mit links!«
Sie stellte mir kopfschüttelnd den Mietvertrag aus und ließ mich unterschreiben.
Ich schreckte etwas zusammen, als sie sagte, dass meine Verlobte hier auch noch ihren Kringel machen müsse.
»Frau Sabine Schmidt«, sagte sie, »ist doch richtig, oder?«
»Natürlich! Kein Problem, die kommt nächste Woche vorbei!«, sagte ich selbstsicher. Ich holte mir Handwerkszeug vom PGH-Stützpunkt, stemmte die Wände auf, zog Kabel für die Steckdosen, schmierte Mörtel in die Ritzen, spachtelte die Decken, rollte Wandfarbe auf die Putzflächen und ließ ein Klobecken in die schmale Kammer bauen. In den ersten Nächten zog ich alle Pullover und Hosen übereinander, die ich in meinem Rucksack fand. Lag bibbernd auf meinem Matratzenlager, hauchte meinen Atem in den Dezember-Raum und konnte es kaum erwarten, dass die Sonne sich über den Dächern der Hinterhöfe zeigte. Früh rannte ich zur Berufsschule, träumte in der S-Bahn und der Bankreihe des Fachkabinetts von Bauplänen, Brettern und Bohlen. An den Nachmittagen durchforstete ich alte Keller, zerrte Stuhlfragmente und Tische aus Sperrmüll-Containern, schleppte Mörteleimer, Kohlen und Kanthölzer unters Dach.

Im April taute der letzte Schnee auf den rissigen Dachflächen der Häuser. Es regnete tagelang, und die ersten Wasserflecke zeichneten sich an meiner Zimmerdecke ab.
Es tropfte auf die Dielen, den Zeichentisch und den Plattenspieler. Ich rannte auf den Dachboden, stellte Schüsseln und Eimer unter die Löcher, kippte den Regen zur Dachluke wieder hinaus und wartete, bis die Gefäße wieder randvoll waren.

Am nächsten Tag stand ich fluchend vorm KWV-Schreibtisch der Sachbearbeiterin.
»Ach, Sie sind's!«, blaffte die Bürofrau. »Wann kreuzt denn endlich Ihre Verlobte wegen der Unterschrift auf?«
Der Wind war mir aus den Segeln genommen und ich stotterte:
»Sie ... ähm ... studiert ... in Halle ...! Is ... nur am ... ähm ... Wochenende da!«
Eine unangenehme Pause entstand nach meinem Gestammel. Nur das gurgelnde Geräusch des Kaffees, das durchs Plastegehäuse der Maschine dröhnte, war zu hören.
»Bevor Ihre Liebste hier nicht mit 'nem gültigen Personaldokument uffschlägt, passiert jar nüscht!«

Die Bürofrau griff nach der Glaskanne, kippte den Pinkelkaffee in ihren Keramikpott und nahm einen kräftigen Schluck.
»Ihr Mietvertrag is so nämlich nich rechtskräftig! Dit sage ick Ihnen hiermit!«
Ich zuckte zusammen und wollte schnellstmöglich aus diesem Bürokäfig verschwinden. Doch so konnte ich hier nicht abtreten, auf keinen Fall!
»Ja ... gut ... und übrigens«, sagte ich freundlich und fingerte die Packung Halloren-Kugeln für meine Mutter aus dem Hirschbeutel, »wollte ich mich noch persönlich für die Vermittlung der Handwerker bedanken, die den Ofen und die Fenster repariert haben!«
Ich schob ihr die Schachtel Schokokonfekt über den Tisch. Der Wandlungsprozess ihres Chamäleongesichts beeindruckte mich.
»Sie sind mir ja eener!«, schmunzelte sie. »Ick kann nüscht versprechen, aba morgen bin ick inna PGH Dachkunst, da werd ick ma 'n jutet Wort für sie einlejen!«
Ich bedankte mich höflich, versprach, dass meine Verlobte schnellstmöglich zur Unterzeichnung kommen würde, und schlich auf leisen Sohlen davon.

Abends klopfte es an meiner Wohnungstür. Erst jetzt fiel mir auf, dass keiner meiner Freunde meine Adresse kannte. Eigentlich konnte mich niemand finden. Zwar hatte ich dem Indianer von meiner Bude erzählt, von der Kastanie und ihrer Krone vor meinem Fenster, von den rauchenden Schornsteinen und der Sonne, die morgens über die Häuserdächer kletterte. Er hatte mir auf die Schulter geklopft, sich gefreut und gesagt, dass er demnächst mal vorbeikommen wolle. Auch Mephisto hatte gelächelt, als ich ihm von meinen vier Wänden vorschwärmte und von der Umarmung der dicken Bürofrau in der Fröbelstraße. Susanne hatte ich eine Ewigkeit nicht mehr gesehen. Sie war mit ihrem Theater auf Tournee, irgendwo in Osteuropa. Ich glaube, dass sie noch nicht mal von meiner Wohnung wusste.
Ich lief in den Flur und öffnete die Tür.
»Hallo! Ich wollte mal sehen, wie du wohnst«, sagte der blonde Engel, dessen Haar nach Entenküken roch.
»Esther, wie hast du mich denn gefunden?«, staunte ich.
»Ach, das war doch einfach!« sagte sie und reichte mir eine gerahmte Zeichnung. »Hier für dich!«

Ich nahm sie in die Arme und sie drückte sich an mich.
»Immer rein in die gute Stube! Aber nur, wenn du willst!«, lachte ich und zog sie in den Flur. Ich kochte Tee auf dem Plattenkocher, sie packte *Wish you were here* auf den Plattenteller, legte ihre Fangarme um meinen Hals und flüsterte: »Du bist immer da, du bist überall. Aber genau jetzt wünsch ich mir, du wärst hier ...!«
Ich wollte noch sagen, dass ich ja hier wäre und auch eine Weile bleiben wollte, doch Esther zog mir den Pullover über den Kopf und in Null-Komma-nichts hatten wir die Sachen runter.
Das Kerzenlicht zeichnete ihren Elfenkörper als Schlagschatten gegen die Wand. Ich strich über ihre Apfelbrüste und fühlte die zarten Stiele der Früchte.

»Ich will dich!«, hauchte sie mir ins Gesicht, fuhr mir mit der Hand über die Lenden und strich über mein explosives Teil. Wir ließen uns auf dem Boden nieder und glitten durch den Kosmos der Deckenlandschaft des Zimmers.
Irgendwann lagen wir nebeneinander und blickten in den schwarzen Himmel, der sich auf die Fensterscheiben gemalt hatte.
»Du musst wieder zum Abendstudium kommen!«, sagte sie. »Wir haben jetzt ein Modell!«
Sie hakelte ihre Beine um mich.
»Ja, unbedingt! Aber vorher muss ich das mit meiner Arbeit klären. Ich soll schon wieder nach Pillnitz!«
In diesem Moment klopfte es heftig an die Wohnungstür. Ich schreckte auf. Seit Monaten werkelte ich hier alleine rum, und auf einmal ging es hier zu wie im Taubenschlag!
Außerdem war es weit nach Mitternacht. Ich drückte Esther meinen Zeigefinger an den Mund, und wir lauschten in die Dunkelheit.
Es klopfte wieder. Lauter, energischer.
»Hey!«, rief eine Stimme. »Mach uff, Alta!«
Ich wickelte mir eine Decke um die Hüften und schlich zur Tür. Als es wieder gegen die Wohnungstür donnerte, riss ich sie mit einer wütenden Bewegung auf.
»Was soll'n der Scheiß!«, brüllte ich.
Ein schmaler Typ mit raspelkurzem Haar stand vor mir.
»Mensch, Alta, wat is 'n dit für'n Empfang?!«
Ich glaubte es kaum und machte einen Schritt auf die Gestalt zu.
»Mann! Gurke! Das is ja Wahnsinn ... dass du ...«, mehr konnte ich nicht sagen, die Stimme war weg.
Ich schlang meine Arme um sein dürres Gestell und hielt ihn fest. Wir standen lange im Flur, das Licht war ausgegangen. Ich strich ihm immer wieder über den schmalen Kopf, der an meiner Schulter lag. Die Bilder des Jugendknastes blitzten in mir auf. Das Stahltor mit der Sta-

cheldrahtkrone, der Speisesaal mit den vergitterten Fenstern und die unendliche Kälte dieses abstoßenden Ortes.
Erst jetzt wurde mir bewusst, wie sehr ich meinen alten Kumpel vermisst hatte.
Am Absatz zur Treppe bewegte sich jetzt noch etwas. Ich löste mich von Gurke, und meine Decke fiel zu Boden.
»Alles Gute zum Einzug, mein Jüngling!«, sagte Susanne und legte ihren Erdbeermund auf meinen. Sie fuhr mit ihren zarten Händen über meinen Rücken.
»Geile Aufmachung!«, grunzte Gurke. »Rennste hier imma so rum?«
Susanne lachte.
»Wir haben was zur Wohnungstaufe mit, hier!« Sie überreichte mir zwei Flaschen Stierblut.
Esther war im Türrahmen und in meinem Unterhemd aufgetaucht.
»Wow«, flötete Gurke, »wohn' hier ooch Engel?«
Ich stammelte: »Ähm ... das is Esther ... wir machen zusammen das Abendstudium!«
»Kann ick da eventuell mitmachen? Natürlich in Unterhose!«, fragte Gurke, und ich musste lachen.
Susanne legte ihre Scheinwerfer auf Esther und leuchtete dann zu mir rüber.
»Na dann! Lässt du uns rein in dein Zauberland?«
Ich war immer noch etwas neben der Spur, warf mir die Decke über die Schulter und winkte die Mannschaft in mein Heim.
Wir saßen bis zum Morgengrauen im großen Zimmer in der Matratzenlandschaft. Ließen die Weinflaschen kreisen, erzählten, lachten, tranken auf die Zukunft und auf uns. Esther war mir nicht von der Seite gewichen. Sie hakte immer wieder ihre Arme um mich.
Um sechs ging ich in die Küche, um Tee zu machen. Als ich die alte Steingutkanne vom Vertiko nahm, stand Susanne hinter mir.
»Schön hast du's hier! Und die Kleine, die liebt dich ja wie verrückt!«

Sie beäugte meine gesammelten Fundstücke, die ich auf den Regalbrettern in der Küche verteilt hatte. Zeichnungen, Fotos, Fliesen, Gläser und allerlei anderen Kram, der mir bei meinen Erkundungstouren durch die leerstehenden Häuser in die Hände gefallen war.
»Oh, ein Selbstporträt?«, fragte Susanne. »Hervorragend getroffen!«
Sie fuhr mit leichten Fingern über die Zeichnung, die Esther mir geschenkt hatte. Ich trat auf sie zu und nahm ihre Hände.
»Susanne«, sagte ich leise und blickte in ihre magischen Augen, »ich liebe nur dich! Alles andere ist pure Ablenkung. Und das weißt du!«
Sie drehte sich von mir weg und sagte: »Mach nicht alles kaputt!«

Ich stolperte ihr ins Zimmer hinterher. Gurke schien in seiner alten Höchstform. Esther bog sich lachend auf den Matratzen.
»Hey, Alta, wat für 'ne Zauberbraut haste denn hier!«, jaulte er. Susanne nahm ihre Tasche.
»Ich muss jetzt gehen!«, sagte sie und drückte sich an mir vorbei.
»Aber, warte doch mal!«, rief ich.
Auf dem Treppenabsatz bekam ich sie zu fassen. Ich hielt sie eine Weile im Arm und spürte ihren Atem an meinem Hals. Sie roch so gut, so vertraut, so wie am ersten Tag.
»Ich bin so ungerecht!«, flüsterte sie. »Mach's gut, mein Jüngling!«
Sie lief die Treppe hinunter, über den Hof, unter der Kastanie hindurch auf die Straße. Ich blieb im Treppenhaus und lauschte ihren Schritten, bis sie verklungen waren.

WIEDERSEHEN

Der Sommerwind blies durch die Zweige der Hofkastanie, die mit ihrem beachtlichen Blätterdach bis an mein Fenster reichte. Ich saß an meinem Zeichentisch und blickte über die Dächer. Seitdem ich hier unterm Dach wohnte, war ich nicht mehr viel unterwegs. Ich liebte es einfach, hier zu sein. Auf den Matratzen zu liegen, mit Gurke Musik zu hören oder Edmunds Kochkünsten nachzueifern. Manchmal lag ich nachts wach und musste an ihn denken. Der Mann mit dem Rauschebart setzte sich dann zu mir. Er strich mir übers Gesicht, nahm seine Querflöte und spielte so lange, bis ich einschlief.
Ich war enttäuscht, wenn ich im Morgengrauen erwachte und er verschwunden war. Dann lief ich rüber ins angrenzende Zimmer und kletterte zu Gurke aufs Hochbett.
Er war seit dem Aprilabend, als Esther und Susanne hier waren, einfach dageblieben. Ich räumte das kleine Zimmer leer, und er füllte es mit seinem Kram. Es fühlte sich so gut an, wenigstens einen verlorenen Freund wieder um sich zu haben.

Die lustige Spreewaldgurke steckte aber nicht mehr in ihm. Manchmal flammte sein ausgeprägter Humor etwas auf, aber sobald ich ihn auf die Zeit in Torgau ansprach, endete unser Gespräch in Schweigen. Er saß dann stundenlang neben mir am Schreibtisch und starrte aus dem Fenster. Es war wie eine unüberwindbare Mauer, die zwischen uns stand.

Esther wurde zu unserem Stammgast. Wir kochten zusammen und hörten Musik. Gurke schmolz in ihrer Anwesenheit regelrecht dahin, und sie taute durch ihn richtig auf.

Als wir eines Abends auf dem Matratzenpodest lagen und Jim Morrison für uns sein *Riders on the Storm* sang, griff Esther meine und Gurkes Hand. Ich hatte mich an ihre rechte Seite geschmiegt und mein Gesicht in ihr Engelshaar vergraben. An ihrer linken lag Gurke. Er strich ihr mit seinen langen Fingern über die Stirn, zog eine Linie über ihre Wangen und einen Kreis um ihren Mund. Ich hörte erst ein leises Schluchzen, dann sah ich durch die Haargardine Esthers Tränen über Gurkes Gesicht laufen. Sie ließ meine Hand los und drehte sich zu ihm.

Am Morgen lagen die beiden fest umschlungen neben mir. Ich schlich in die Küche und wurde von der Sonne begrüßt, die durch die Kastanienblätter blinzelte. Das alte Thermometer, das im Regal neben der Zeichnung von Esther stand, zeigte jetzt schon 27 Grad.

Ich war heute mit Mephisto an dem Waldsee verabredet, wo Edmund mir vor einem knappen Jahr von seiner bevorstehenden Ausreise erzählt hatte. Meine Zeichnungen sollte ich mitbringen, er wolle mal sehen, was ich die letzten Monate so zustande gebracht hätte.

Viel war da nicht zu zeigen. Das Naturstudium nervte mich. Mein Interesse lag eher im Entdecken der Menschen. So wie Mephisto wollte ich in die Seele jedes Einzelnen vordringen.

Ich packte meine Skizzenbücher in den Rucksack, stopfte eine Decke dazu und machte mich auf den Weg.

Im Treppenhaus tanzte der Staub in den Sonnenstrahlen. Die Straßen lagen träge im Sommerlicht. Am S-Bahnhof Schönhauser holte ich im Konsum Brot, Käse und Wein und fuhr dann durch die geschundene Stadtlandschaft bis Erkner.
Der Wald duftete nach Moos und Tannennadeln. Ich knackte durchs Unterholz und erreichte die glitzernde Wasserkante des Sees. Die kleine Badestelle lag still vor mir. Ich rollte die Decke aus und haute mich in den Schatten. Der Wind strich leise über das Schilf und schob die Schäfchenwolken langsam über den Himmel.
Ich blickte in seine Endlosigkeit und ließ meine Gedanken kreisen.
Sie holten alle zusammen: Gurke und Esther, Susanne und Tim, Mephisto und Edmund. Der Indianer tauchte mit der schweigsamen Rosa auf, meine Mutter mit ihrem Spezialkuchen, und Costa spielte auf seiner Sitar. Auch Frank saß mit in der Runde.
Ich kniff die Augen zusammen, und da saßen sie alle bei einem gemeinsamen Picknick, aßen, lachten und sangen. Bis ein Gewitter aufzog und die Runde auseinanderriss. Es tobte über den See und entwurzelte Bäume, ließ sie wie Mikado-Stäbchen durch die Gegend fliegen. Der Himmel hatte sich schwarz gefärbt und der Regen peitschte das Ufer. Plötzlich waren alle verschwunden.

Ich riss die Augen auf, stemmte mich hoch und blickte auf den See. Mein Herz schlug wild. Meine Hände schwitzten, in meinem Kopf hämmerte es. Was war los mit mir? Ich versuchte, die Angst wegzuatmen. Aber warum hatte ich Angst? Es war doch alles gut! Ich freute mich über die Wohnung, über Gurke, der wieder aufgetaucht war, über meine Mutter, die endlich angefangen hatte zu leben – es war doch alles im Lot! Es gab keinen Grund.
Ich zerrte mir das Hemd über den Kopf, die Hose von den Beinen und rannte ins Wasser. Als ich weit auf den See hinausgeschwommen war, tauchte Mephisto an der Badestelle auf.

Firnis
EVP: 9,50M
SPEZIAL LACK
Trink fix
PINK
AC/DC
GLENN GOULD
A STATE OF WONDER
THE COMPLETE GOLDBERG VARIATIONS 1955 & 1981
Das Kastanienmännchen
Susanne hatte mir erzählt,
dass es irgendwann auf
ihrem Abtreter stand. Ein
kleines Männchen mit einer
Streichholznase. Mit seinen
Knopfaugen hatte es Susanne
angestarrt. Vielleicht war es
der Grund, warum Susanne
das Kastanienmännchen
hoch nahm und mit
ihrem Zeigefinger

Weltall • Erde • Mensch
ON THE ROAD
MÄRKISCHE FORSCHUNG
WO WARST DU ADAM
Der geteilte Himmel
WENDEKREIS DES KREBSES
Die neuen Leiden des jungen W
DER FREMDE FREUND
GEDICHTE
BRECHT
M
ALTE FILME
Der Fänger im Roggen
KAFKA
CABERNET
Der nackte Mensch
CABINET

Er setzte sich auf meine Decke und beobachtete mich, bis ich wieder anlandete.
»Ah … die Rückkehr des Jünglings!«, sagte er, ohne seine leuchtend blauen Augen von mir zu lassen. Ich wickelte mich ins Handtuch.
»Setzt dich zu mir«, bestimmte er.
Ich hockte mich neben ihn.
»Weißt du, die Jugend ist nur ein kurzer Abschnitt des Lebens. Wenn du sie fühlst, denkst du, sie ist unendlich. Jeder Tag eine Ewigkeit. Jede Stunde ein unfassbares Ereignis. Du denkst nicht über das Kommende nach. Das Jetzt bestimmt dich. Und das hält an, solange du jung bist. Doch irgendwann wechselst du die Seiten und schaust auf ein Stück deines Weges zurück. Es kommt dir dann winzig vor, aber es ist reich gefüllt mit Versuchen, Hoffnungen, Möglichkeiten und auch Niederlagen …«
Ich drehte mich zu ihm. Er sprach ein bisschen wie Edmund, wie ein Vater zu seinem Sohn, der erwachsen geworden ist. Seine Stimme war dunkel und warm. Seine Worte flogen durch mich hindurch und hinterließen schemenhafte Umrisse.
»Ich will dir damit nur sagen, nutze diese einmalige Zeit für dich. Verschwende sie nicht, sie kommt nicht zurück. Niemals!«
Mephisto legte seinen Arm um mich. Wir saßen eine Weile da und schwiegen.

»Willst du Edmund eigentlich mal wiedersehen?«, fragte er und blickte dabei weit über den See.
Mein Herz fing wieder an, wild zu schlagen.
»Ja, klar, unbedingt … aber wie soll das gehen?«, sprudelte es aus mir heraus. Ich drehte mich zu ihm.
»Wir fahren nach Budapest, nur wir beide!«, sagte er streng. »Rede nicht darüber! Mit niemandem!«
»Ja … ja! Du kannst dich auf mich verlassen!«, stotterte ich.

»Du musst so schnell wie möglich ein Visum beantragen! Am besten gleich morgen!«, sagte er.
Ich wollte alles machen, was er sagte, um so schnell wie möglich nach Budapest zu kommen. Die Aussicht, Edmund wiederzusehen, brachte mich völlig durcheinander. Ich hüpfte am Strand entlang, warf mein Handtuch über Mephisto und stürzte mich auf ihn. Er drehte mich mit einer geschickten Bewegung auf den Rücken und drückte meine Schultern auf die Decke.
»So, mein Lieber, jetzt zeig mal, was du in den letzten Wochen so zustande gebracht hast!«
Seine Korrekturen und Anmerkungen holten mich wieder auf den Boden zurück. Er blätterte sich durch meine Skizzenbücher und sezierte die Zeichnungen.
Am Abend fuhren wir mit der S-Bahn zurück. Ich saß neben ihm, blickte aus dem Fenster und dachte immerfort an Edmund.
»Komm nächste Woche mal bei uns vorbei!«, verabschiedete sich Mephisto, als wir in der Schönhauser standen. »Und denk an den Reiseantrag!«
»Natürlich!«, sagte ich.

Die Straßen lagen noch hell und staubig vor mir. Im Hof spielten ein paar Kinder. Eine dicke Frau saß auf der Bank unter der Kastanie. Ich winkte ihr zu und stolperte ins Quergebäude. In der Wohnung roch es nach Sommer. Die Fenster waren weit geöffnet. Die Hitze flimmerte über den Dächern. Ich kramte in dem Plattenstapel die Scheibe von Edmund heraus. Glenn Gould spielte für mich Bach.
Langsam wurde es dunkel. Ein leichter Wind fuhr durchs Zimmer. Ich lag auf dem Palettensofa und lauschte der Musik. Irgendwann hockten Gurke und Esther neben mir.
»Mann, Alta, wo warst'n?«, fragte Gurke. »Wir ham die halbe Stadt nach dir umjekrempelt!«, grinste er. »Dit is übrijens meen Rettungsengel!«

Er hatte seinen Arm um Esther geschlungen und strahlte erst mich und dann sie an, strich ihr durchs blondgelockte Haar und küsste sie.
Esther war die Situation peinlich. Ich beugte mich vor und legte meine Hand auf ihre.
»Meine Freunde sind auch Gurkes Freunde!«
Klar lag da eine Spur von Eifersucht in meinem Blick. Ich mochte sie, und der Fakt, dass sie sich jetzt einem anderen zuwendete, verletzte mich und mein Ego. Aber es war Gurke! Mit ihm wollte ich alles teilen, selbst meine dreckigen Unterhosen hätte ich ihm gegeben, wenn er sie verlangte. Er war durch die Hölle gegangen, und jetzt war er hier und brauchte Liebe.
»Ich freu mich, dass ihr Spaß habt!«, lächelte ich.
Die Nacht war dann weniger schön, denn der Segen, den ich für beide gesprochen hatte, wurde mit orgastischem Gejaule honoriert. Ich glaube, es waren mindestens zehn Nummern, die Gurke und Esther bis zum frühen Morgen schoben.
Wahrscheinlich dachte die gesamte Haus- und Hofgemeinschaft, wir feierten hier eine Orgie.
Früh schlich ich aus meiner Wohnung, und als ich abends wiederkam, ging die Fickerei von vorne los. Ich lag auf meinem Matratzenlager und hielt mir die Ohren zu.
Irgendwann muss das doch enden, dachte ich. Aber Gurke hatte anderthalb Jahre aufzuholen.
Am dritten Abend ging ich nicht mehr in meine geliebte Wohnung, sondern klopfte bei Mephisto an die Tür. Wir saßen lange in seinem Atelier.
»Kann ich heute auf deinem Sofa pennen?«, fragte ich.
»Du kannst auch mit auf unser Hochbett kommen!«, sagte er grinsend.
»Nee, lass ma«, gähnte ich, »seit drei Nächten hab ich die Augen nicht mehr zugemacht!«
Ich rollte mich zusammen und schlief sofort ein.

Das Visum konnte ich mir eine Woche nach Antrag abholen. Stolz zeigte ich es Mephisto. Er mahnte mich zu schweigen. Ich sollte mich bis zum Abreisetag bedeckt halten.

In meiner Wohnung lief indessen die Situation langsam aus dem Ruder. Esther und Gurke nutzten mittlerweile auch mein Zimmer. Sie liefen nackt durch die Räume, lümmelten auf meinem Matratzenlager, verteilten ihre Klamotten in der ganzen Wohnung und nahmen mich kaum noch wahr. Ich biss die Zähne aufeinander und dachte nur noch an die Reise. Am Abfahrtstag zog ich Esther in die Küche.

»Hey, du tust mir weh!«, jammerte sie und rieb sich den Arm.

»Es reicht!«, zischte ich. »Das ist meine Bude. Klar?«

Ich schulterte meinen Rucksack und stapfte durch den Flur.

»Spießer!«, rief sie, als ich die Tür ins Schloss warf.

NUYGATI PU

Der Reichsbahnzug rollte träge aus dem Ostbahnhof. Die Abteile waren bis zum letzten Platz besetzt. Ich drängelte mich mit Mephisto durch die Sitzreihen. Zwei Kunden lagen quer auf unseren Plätzen. Trotz 30 Grad im Schatten lümmelten sie, in Thälmannjacke und Shellparka, auf den Kunstlederpolstern. Ihre Jägerrucksäcke mit den Schlafsackwürsten deuteten auf einen Balaton-Aufenthalt hin. Als Grundversorgung standen ungefähr 20 Berliner Pilsner bereit.
»Ich glaube, ihr hockt auf unseren Plätzen!«, fixierte Mephisto die Hippies mit seinen Eis-Augen.
»Wat is los, Opa!«, zischte Shellparka durch seine fettige Haargardine.
Mephisto ließ sich ohne Vorwarnung auf die Sitzbank fallen. Mit seinem Arsch landete er auf Thälmannjacke.

»Ey, spinnst du, oda wat?«, protestierte der unter Mephisto Zappelnde.
»Ich glaube, ihr rückt jetzt ein bisschen zusammen, und dann wird's ganz nett mit uns!«, sagte Mephisto laut und deutlich.

Die Jungs zerrten ihre Sachen zusammen und gaben uns Beinfreiheit. Nicht nur in den Sitzreihen hockte das reisewillige Volk der DDR, sondern auch in den Gängen lagerten Menschen, selbst in den Gepäckablagen kauerten sie. Einige hatten ihre Schlafsäcke ausgerollt, lagen quer vor den Türen und in den Waggonübergängen. Es war wie ein Bild der Massenflucht in den Süden der RGW-Staaten. Nach einem halben Tag gab es kein Wasser mehr auf den Klos, wo sich mindestens zehn Leute bei den ersten Fahrkartenkontrollen versteckten. Nachdem wir die Grenze passiert hatten, waren die Schaffner verschwunden, und ein Gefühl von Freiheit erfüllte den Zug. Die Abteilfenster standen weit offen und ließen die schwüle Sommerluft durch die Waggons ziehen. Die Stimmung, erst euphorisch, wandelte sich in schweißtreibende Lethargie.
»Wo geht's denn hin?«, fragte Mephisto die dösenden Hippies.
»Erst ma bis Budapest und denn weita an'n Balaton!«, nuschelte Fettsträhne.
»Ah«, sagte Mephisto, »ihr seid also Weinkenner?«
»Nee, Biertrinka!« Thälmannjacke prostete uns zu.
»Eijentlich woll'n wa ja Platt'n koofen! Die Scheib'n von Uriah Heep und Black Sabbath, weeste!«
Fettsträhne hatte sich jetzt aufgerichtet.
»Ozzy is der Größte!«, grölte er. »Die Mucke fetzt dich weg!«
Mephisto nickte den beiden zu: »Sehr gut, Jungs! Jeder braucht seine Freiheit, auch ihr!«
Fettsträhne reichte uns zwei Bier. »Ihr seid in Ornung!«
Wir stießen auf Budapest an und rollten langsam durch die heiße Landschaft der ČSSR. Nach 18 Stunden schob sich der Zug in den ungarischen Kopfbahnhof.
Wie eine Erscheinung stand Edmund auf dem Bahnsteig des *Nuygati pu*.
Ich hielt ihn so lange fest, bis Mephisto sagte: »Jetzt bin ich aber dran!«
Wir fuhren zur Margareteninsel und setzten uns in ein Café.

Edmund erzählte vom Auffanglager Marienfelde, den endlosen Gesprächen mit amerikanischen Militärs und BND-Mitarbeitern, die ihn auf Stasitätigkeiten abklopften. Nach drei Monaten konnte er dann erst mal bei einer Tante in Charlottenburg unterkommen. In einem kleinen möblierten Zimmer, wo er nichts verändern oder umstellen durfte. Er hatte dann versucht, eine Arbeit zu finden. Bei der *taz* als Bildreporter, in einem Fotostudio für Porträtfotografie und in einem alternativen Kreuzberger Kiezprojekt. Nirgendwo hatten sie ihn gewollt. Jetzt half er viermal die Woche in der Bahnhofsmission am Zoo. Er betreute Obdachlose und Junkies. Ab und zu spielte er für sie auf seiner Querflöte und teilte Suppe aus.

Ich war entsetzt, aber Edmund strahlte.

Er sagte, trotzdem sei er frei, und das sei ihm das Wichtigste überhaupt. Ende der Woche fliege er von hier nach Thessaloniki. Costa erwarte ihn. Und wahrscheinlich würde er erst mal dort bleiben. Costa hatte ihm angeboten, Ende des Jahres durch die Türkei, Syrien und Jordanien bis nach Israel zu reisen. Sein größter Traum würde wahr werden, Jerusalem!

Ich blickte in Edmunds Augen, in ihnen leuchtete etwas, was ich nicht kannte. Er war mir in diesem Moment fremd. So fremd wie ein Westtourist, der alle Möglichkeiten hatte, in die Welt auszuschwärmen.

Mephisto legte seinen Arm um ihn und sagte: »Es ist schön, dass es dir gut geht! Und es ist toll, dass wir uns hier wiedersehen!«

Am Abend lief ich mit Edmund am Ufer der Donau entlang. Mephisto war schon im Thermalbad des Hotel Gellért abgetaucht.

»Ich hab eine eigene Wohnung!«, verkündete ich stolz. »Die würde ich dir so gern zeigen!«

Edmund lief schweigend neben mir und blickte auf seine Schuhspitzen.

»Diese beschissene Grenze!«, sagte ich mit erstickter Stimme. »Warum ist das Leben so ungerecht?«

Wir waren stehen geblieben. Edmund nahm mich in seine Arme. Sein Rauschebart roch nach Intershop. Überhaupt war er sehr westlich gekleidet. Ich dagegen im Batikhemd, Kochhosen und Jesuslatschen verkörperte den Bilderbuch-DDR-Kunden. Meine langen Haare fielen mir ins Gesicht, und das war auch gut so, denn er sollte meine Tränen nicht mitkriegen. Ich biss mir auf die Lippen und versuchte, mich zu beruhigen.

»Hm«, brummte Edmund, »ich bin so stolz auf dich, mein Junge! Mephisto hat geschrieben, dass du große Fortschritte mit deiner Kunst machst!«

Wir liefen langsam weiter. Über uns erhob sich die Fischerbastei; ihre Zelttürme waren erleuchtet und spiegelten sich in dem nachtschwarzen Wasser des Flusses.

»Ich hab etwas für dich!« Er kramte in seiner Tasche. »Ich wollte es dir schon bei meiner Ausreise geben!«

Es war ein kleines Büchlein. *Duncker 14* stand auf dem Einband. Beim Blättern schaute ich sehnsüchtig in eine Welt, die es nicht mehr gab.

Schwarz-Weiß-Fotografien von Edmunds Küche mit dem alten Tisch vorm Fenster, der Dunkelkammer, in der ich so gern geschlafen hatte, dem Zimmer mit dem orientalischen Teppich, der Stiege zum Klo, dem dunklen Hinterhof mit den verfallenen Schuppendächern. Edmund hatte Datum, Uhrzeit und einige Sätze dazu geschrieben.

Auf fast allen Fotos tauchte ich auf, mal neben Mephisto, mal mit den Balletttänzerinnen oder in einer Runde mit dem Liedermacher, mit Nickelbrille und Susanne. Ich hatte es gar nicht mitbekommen, dass Edmund uns fotografiert hatte.

»Es ist wunderschön!«, sagte ich, und weiter: »Weißt du, ich habe auch was für dich. Es liegt bei mir auf dem Schreibtisch. Eine Zeichnung, sie ist noch nicht ganz fertig!« Edmund brummte sein »Hm!«.

Die Woche verging wie im Flug. Wir durchstreiften die Stadt, erst die Buda-, dann die Pest-Seite mit den unzähligen Thermalquellen, den

Museen und Ausstellungen. Am letzten Tag besuchten wir auf der Margareteninsel eine Rockoper: *Jesus Christ Superstar*. Ich war fasziniert; so konnte man Bibelgeschichte also auch erzählen! Die Gemälde von Mephistos Ausstellung waren auf einmal wieder da: *Die Flucht des Propheten* und *Die Schicksalsgöttin*, genauso wie der Jüngling, der ins verlassene Paradies zurückkehrte. Morgen würden auch wir zurückkehren in unser paradiesisches Land, und der Prophet würde weiterziehen.

Ich wälzte mich in meinem Hotelbett hin und her, konnte und wollte nicht schlafen. Alles war auf einmal so weit weg. Was sollte dieses Treffen überhaupt?
Alte Wunden wieder aufreißen, ein bisschen Salz hineinstreuen? Sich heulend in den Armen liegen, um dann völlig frustriert wieder abzureisen?
Aber was hatte ich erwartet? Dass sich die Welt über Nacht verändert? Nein!
Ich war so bescheuert, so naiv, ich dachte nur an den Moment und nicht an seine bitteren Folgen.

Als ich mit Mephisto aus Budapest zurück war und mir bewusst wurde, dass Edmund endgültig unser Schiff verlassen hatte, begann der Rest der Gemeinschaft auseinanderzubrechen.
Die Situation in meiner Bude war unerträglich geworden. Esther und Gurke vögelten jetzt in meinem Nest. Die Paletten im großen Zimmer waren zu einem Bums-Thron aufgeschichtet. Im kleinen Zimmer hatte Esther sich mit ihrer Staffelei, ihren Zeichenbrettern und Leinwänden ihr Atelier eingerichtet. Im Flur standen meine Habseligkeiten, die Zeichenmappe, der alte Vulkanfiberkoffer mit meinen Klamotten und eine Kiste mit Büchern und Schallplatten.
Ich fühlte mich in meiner eigenen Wohnung wie ein unerwünschter Gast.

JESUS CHRIS
üdvö

SUPERSTAR
jüK!
12

Mein Schreianfall erschreckte mich dann aber selbst. Ich riss das Fenster des kleinen Zimmers auf und begann, Esthers Zeug in den Hof zu feuern.
»Verpisst euch aus meinem Leben«, schrie ich, »ihr scheiß Parasiten!«
Gurke hatte sich auf mich gestürzt. Irgendwie musste ich seinen Kopf mit meinem Ellbogen getroffen haben, denn er ließ mich los und rollte zur Seite.
Esther kniete hysterisch heulend bei ihm.
»Du Idiot, guck, was du angerichtet hast!«
Ich rappelte mich auf und sah das Blut über Gurkes Gesicht strömen.
»Hey, das wollt ich nicht!« Ich rannte in die Küche, holte Handtücher und Zellstoff. Wir verarzteten Gurkes angeschlagene Nase und brachen zum Notdienst in die Poliklinik auf.
Der Wartesaal roch nach Eckkneipe. Ein paar Schnapsleichen lagen auf den Bänken. Wir saßen schweigend nebeneinander. Ich wollte etwas sagen, aber mir fehlten die Worte. Als Gurke aufgerufen wurde, sagte ich dann doch etwas.
»Mensch, Gurke, es tut mir leid!«
Er drehte sich noch einmal kurz zu mir und verschwand dann mit der weißbekittelten Schwester.
»Du bist so ein Egoist!«, fauchte Esther und schaute mich feindselig an, »Weißt du, was er alles durchgemacht hat?«
Was wusste sie schon von Gurke? In unsere Freundschaft hatte sie sich reingedrängt und ihm das letzte Stückchen Verbindung zu mir weggevögelt. Ich war jetzt der Feind, der Spießer, der seine Wohnung zurückhaben wollte und die Liebenden rauswarf.
»Bescheidenheit ist nicht gerade deine Stärke!«, sagte ich. »Fass dir mal an deine Prinzessinnennase!«
»Es geht nicht um mich«, blaffte sie, »und auch nicht um dich Egomanen, sondern um Gurke, der eine halbe Ewigkeit im Jugendknast gehockt hat! Kapierst du das?«
Jetzt kam die Psychonummer.

»Was hat das eine mit dem anderen zu tun?«, fragte ich sie. »Was du mit ihm in meiner Wohnung veranstaltet hast, lässt sich ja schwer Maltherapie nennen, oder?«

»Du Blödmann begreifst gar nichts!«, schrie sie und stürmte aus dem Warteraum.

STIERBLUT

Der Indianer saß im Zentrum des Zimmers. Rosa kniete vor ihm und rasierte seinen Schädel. Hegel schlich um die Irokesen-Haarreste und beschnupperte sie.
»Mann, Alta, du siehst ja aus wie Mahatma Gandhi!«, sagte Gurke. Der Indianer öffnete seine Augen und schaute zu uns rüber.

»Wat weeßt du schon vom größten Pazifisten und Widerstandskämpfer!«
Gurke strich über den Rücken von Hegel, der wohlwollend schnurrte. Überhaupt hatten sich fast alle Katzen um ihn gruppiert.
»Venceremos!«, pfiff Gurke durch seine lädierte Nase und hob die Faust, »*mil cadenas habrá que romper, venceremos, venceremos, la miseria sabremos vencer.*«

Der Indianer fuhr sich über sein kahles Haupt.
»Du kennst also die Unidad Popular?«

»Ick kann dir dit janze Parteiprogramm vorbet'n, wenn de willst!«
Er sah wirklich aus wie Gandhi, dachte ich. Bloß die Klamotten stimmten nicht mit denen des Predigers überein.
»Dann sei willkommen, du Nasenbär!«, sagte der Indianer. »Wer die Hymne vom Widerstand kennt, darf sich um meene Philosophen kümmern!«
Ich hatte Gurke nach unserem heftigen Streit das erste Mal mit zum Indianer genommen, und ich wusste, dass sie sich verstehen würden. Was ich nicht ahnte, war, dass Gurke von der ersten Minute an Rosa anhimmelte. Die Unnahbare schenkte ihm ein Lächeln, und in diesem Moment war Esther Geschichte. Als sie sich ans Klavier setzte und zu spielen begann, war es um Gurke geschehen. Er kroch auf allen Vieren, begleitet von der Katzenmeute, zu Rosas Füßen und legte sich schnurrend nieder. Der Indianer bekam einen Hüter seiner Katzen und Gurke eine neue Geliebte.

Nach acht unentdeckten Jahren war ein Einberufungsbefehl zu den Bausoldaten im verbeulten Briefkasten des Seitenflügels der Christburger 47 gelandet. Uns blieben noch vier Tage, bis der Indianer zur Nationalen Volksarmee einrücken musste.

Am Abend lag ich mit Gurke in meinem großen Zimmer auf dem Matratzenpodest. Wir starrten an die Decke. Sting sang *Every breath you take*.

Die Atemzüge, die durch Gurkes gebrochene Nase pfiffen, klangen wie der Ruf einer Panflöte gegenüber der Musik. Es waren Signale, die einen Riss durch unsere Freundschaft zogen.
»I'll be watching you«, dröhnte es aus den Boxen.
»Du hast recht, Keule«, nuschelte Gurke, »dit is deine Bude!«
»Hey, aber du kannst bleiben!«, erwiderte ich. »So lange du willst!«

Gurkes Nasenwind pfiff durchs Zimmer.
»Lass ma, Alta! Ick such ma wat Neuet!«
Das Neue wartete schon auf ihn. Die schweigsame Rosa, die Katzenmeute und das Angebot, die Wohnung des Indianers die nächsten anderthalb Jahre zu betreuen. Ich war auf einen Schlag zwei Freunde los. Gurke, der seinen Kram nach und nach in die Christburger schleppte, und den Indianer, der am letzten Ende der DDR-Welt in einer Kaserne verschwand. Aber es kam noch schlimmer.

Der Oktober wehte durch die Straßenschluchten. Die Kastanienblätter flogen über die Hinterhöfe. Ich stieg die Treppe zu meiner Wohnung hoch. Es war schon dunkel, als ich ins Zimmer trat. Wie still es sein konnte, dachte ich.
Ich schlich zum Zeichentisch rüber und setzte mich. Die Hoffenster leuchteten. In den umliegenden Wohnungen pulsierte das Leben.
Ich lehnte mich in dem alten Sessel zurück, nahm das kleine Fotobuch und dachte an Edmund. War er jetzt bei Costa oder schon auf der Reise nach Jerusalem?
Gurke war jedenfalls beim Indianer. Er hatte nur noch Augen für die schweigsame Rosa. Das Problem Esther und Gurke, das mir seit Monaten den Schlaf geraubt hatte, hatte sich von selbst gelöst. Aber jetzt kam erst das eigentliche Problem. Ich spürte immer mehr den schmerzhaften Verlust eines Freundes.
Gurke hatte angefangen, mir vom Jugendknast zu erzählen. Es war eher ein Flüstern, als er bei mir auf dem Matratzenpodest lag und von der Verhaftung und den Verhören sprach. Er erzählte von einer endlosen Fahrt in einem stockdunklen Barkas von Berlin nach Torgau. Er beschrieb mir bis ins kleinste Detail die Zelle, in der er tagelang hocken musste. Von den Kommandos, die gebrüllt wurden. Dem stundenlangen Stillstehen, dem Abrasieren seiner Haare mit anschließender Ganzkörperdesinfektion und den langen Arresttagen in Einzelhaft. Es war

kaum auszuhalten. Aber das war nur der Anfang in einer nicht enden wollenden Beschreibung von Demütigung, Strafe und Schikane ...

Im November arbeitete ich wieder am Eingangsportal des Alten Museums. Schinkels Kassettendecke war immer noch nicht fertig. Der Brigadier tobte, die Stimmung war im Keller, und das Ministerium für Kultur verschob die Eröffnungsfeierlichkeiten. Vor dem ersten Frost sollte die Rüstung abgebaut werden. Ich arbeitete im Akkord mit Rainer an den letzten Schattenstrichen im Deckenbereich. Seit unserem Pillnitz-Abenteuer war der Schnauzbärtige mir wohlgesonnen. Seine ruhige Ausstrahlung tat mir gut. Ich konzentrierte mich das erste Mal richtig auf meine Arbeit. Zum Feierabend hatte ich kaum Lust, nach Hause zu gehen. Da war ja niemand. Also zog ich mit Rainer durch die Kneipen. Erstaunlich, wen er alles kannte! Egal, welche Spelunke wir betraten, Rainer wurde mit überschwänglichem »Hallo, Raini!« begrüßt. Irgendwann fing er an, komisches Zeug zu labern. Ich solle mich nicht mit diesem kriminellen Typen abgeben, lallte er.
»Hä, welcher kriminelle Typ?«, fragte ich irritiert.
»Na, du weißt schon!«, grinste er über sein Bier. »Wenn de was erreichen willst, dann immer schön die Schnauze halten!«
»Du bist ja nicht ganz dicht!«, schrie ich über den mit Biergläsern vollgestellten Tisch.
Er lachte zynisch, als ich türknallend die Kneipe verließ.

Am nächsten Tag hatte die Kälte den Hinterhof in eine Tiefkühllandschaft verwandelt. Meterlange Eiszapfen hingen an den kaputten Dachrinnen.
Die Schornsteine rauchten müde ihre Kohlewolken in den grauen Himmel.
Ein einsamer Spatz hüpfte auf den Ästen der Kastanie herum. Ich fühlte mich wie er, alleingelassen in dieser kleinen eingemauerten Welt. Ob-

wohl ich meine Wohnung liebte, war da jetzt unerträgliche Stille eingekehrt.
Gurke holte seine letzten Sachen ab. Er klopfte mir auf die Schulter und sagte: »Wir seh'n uns, Alta!« Ich stand im Türrahmen und sah, wie er die Treppe hinunterlief.
»Hey, Mann!«, rief ich. »Ich weiß doch, was du durchgemacht hast!«

Am Abend kreuzte Susanne unerwartet bei mir auf, mit Stierblut. Mein Herz hüpfte vor Freude.
»Mein Jüngling«, sagte sie, »schön, dich zu sehen!« Und es war wie immer. Susanne tauchte auf, und ich hatte das Gefühl, sie wäre nie weggewesen. Diese Vertrautheit erschreckte und faszinierte mich zugleich. Wir saßen zusammen, tranken und redeten. Ich erzählte von Budapest und Edmund, von der Donau und den Thermalbädern, von der endlosen Zugfahrt und Mephisto. Ich sagte, dass Edmund ja unser Zentrum hier gewesen sei und dass er jetzt fehle.
»Alles bricht auseinander, und jeder macht nur seinen Scheiß!«
Susanne strich mir durchs Haar.
»Die Zeiten ändern sich«, sagte sie leise. »Auch du hast dich verändert!«
Ich horchte auf. Was meinte sie damit?
»Aber wir könn' doch mal wieder 'ne Fete machen! So wie früher!«, schlug ich vor. Susanne stand auf und ging zum Fenster. Sie blickte in die Dunkelheit des Hofes.
»Weißt du, was das größte Problem ist? Das halbe Ensemble ist beim letzten Gastspiel im Westen geblieben. Meine Arbeitsgrundlage löst sich mehr und mehr auf!«
Sie drehte sich zu mir, und in diesem Moment wusste ich Bescheid.
»Ich werde mit Tim in ein paar Tagen die DDR verlassen. Deshalb bin ich hier. Du solltest es als Erster wissen.«
Ich war wie versteinert, kein Gefühl kam in mir auf, keine Regung, noch nicht einmal Traurigkeit. Susanne setzte sich zu mir und küsste mich.

Sie roch so fantastisch – nach Frühlingsblumen und Sommerwiesen, nach Kastanienlaub und Schneegestöber.

Ich fiel mit ihr in einen endlosen Traum. Wir lagen auf dem Häuserdach des Hinterhofes, die Sonne strahlte auf unsere glühenden Körper, die Vögel kreisten über uns, und ich sagte immer wieder, dass ich sie liebe. Sie lachte nur. Ich hielt sie fest, doch sie riss sich los ... und flog davon.

Als ich erwachte, war es dunkel im Zimmer. Ich richtete mich auf und griff nach dem kleinen Schalter der Tischlampe. Das spärliche Licht beleuchtete nur meine Schlafinsel.

Der Stuhl am Zeichentisch warf einen langen Schatten an die Wand. Ich hatte wieder von ihr geträumt. Wie sie auf dem Stuhl saß und zu mir rüberschaute. Sie war aufgetaucht und wieder verschwunden, so wie sie es immer getan hatte.

Ich zog mich an, steckte meine Füße in die ausgelatschten Stiefel, warf mir den Parka über und nahm den Hirschbeutel vom Haken. Der Hof lag im Halbdunkel, der Schnee knarzte unter meinen Sohlen. Die Lychener lag unter einer Zuckerschicht still vor mir. Ich stapfte die Straße runter und bog in die Stargarder ein. Die Winternacht hing träge in den Straßenschluchten.
Ich saugte die eisige Luft in meine Lunge und spürte das kleine Buch von Edmund in meiner Tasche. Ein Stückchen Geschichte, das ich bei mir trug.
Es hatte sich vor Kurzem hier, in diesen Straßen, Häusern, Hinterhöfen und Wohnungen abgespielt.
Ein winziger Abschnitt in meinem Leben, der mir endlos erschien.
Vor der Duncker 14 blieb ich stehen und blickte auf den Durchgang zum Hof.

Irgendwie hatte ich das Gefühl, dass Edmund gleich auf die Straße kommen würde, um mich ein Stück zu begleiten.
Hier hatte also alles angefangen. Das mit Susanne und ihrem unwiderstehlichen Blick. Mit ihren Scheinwerfern, die sie auf mich legte, und meinem Herz, das vor Freude Luftsprünge machte.
Ich erinnerte mich, wie wir zum ersten Mal lachend ins Hinterhaus gelaufen waren – ich voller Erwartung auf das was noch kommen würde.

Ein paar Schneeflocken tanzten durch die Dunkelheit. Ich ging los, drehte mich nicht mehr um, blickte auf die schlafenden Häuser vor mir mit ihren bröckelnden Fassaden, die leise anfingen, ihre Geschichten zu erzählen …

I DREAM AT NIGHT
I CAN ONLY SEE
YOUR FACE
DR

DUNCKER
14

Edmund ist nach unserem Treffen in Budapest nie wieder nach Deutschland zurückgekehrt. Auch nicht nachdem die Mauer gefallen und die DDR Geschichte war. Er lebt seit damals mit Costa in Thessaloniki in einer winzigen Wohnung mit Blick aufs Meer. Es gibt eine kleine Kammer, in der Edmund noch immer seine Fotos entwickelt, so ähnlich wie im Hinterhof der Duncker im Prenzlauer Berg.

Die Wohnung liegt im 5. Stock in einer Seitenstraße des Hafens, Grigoriou Palama. Im Haus gibt es ein uriges Musikcafé, wo die beiden regelmäßig auftreten. Costa verzaubert mit seinen Sitarklängen das Stammpublikum, und Edmund lässt die bunte Vogelwelt auf seiner Querflöte erklingen.

»Paixe gia emás!«, rufen sie dem Propheten mit dem Rauschebart zu, wenn er das Café betritt. »Spiel für uns!« Und Edmund setzt, nach einer kleinen Verbeugung, die Flöte an seine Lippen. Und in dem Moment, wenn die ersten Töne durch die weit geöffneten Terrassenfenster hinausfliegen und sich mit der warmen Meeresluft des Golfes von Thessaloniki vermischen, fühlen die Menschen in ihren Herzen das Fernweh im Paradies.

***

Danksagung

Ein herzliches Dankeschön an meine Freunde und Unterstützer dieses Buches:

Helene Hoffmann-Wesker, Uwe Koch, Marion Brasch, Paula Peretti, Nicola Stuart, Edmund Jacoby, Stefan Kaminsky und meine liebe Frau Esther.